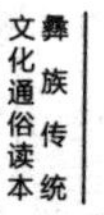

一起猜瑟瑟

《彝族传统文化通俗读本》编委会　编

四川民族出版社

图书在版编目（CIP）数据

一起猜瑟瑟：彝、汉 /《彝族传统文化通俗读本》编委会主编；李世荣翻译. — 成都：四川民族出版社, 2019.12（2024.7重印）
（彝族传统文化通俗读本）
ISBN 978-7-5409-8670-4

Ⅰ. ①一… Ⅱ. ①彝… ②李… Ⅲ. ①彝族–民歌–作品集–中国–彝、汉 Ⅳ. ①I277.291.7

中国版本图书馆CIP数据核字（2019）第206016号

YIQI CAI SESE
一起猜瑟瑟

《彝族传统文化通俗读本》编委会　编

出版人　泽仁扎西
责任编辑　马妞牛
装帧设计　李　娟
责任印制　李　蓓
出版发行　四川民族出版社
邮　　编　610091（成都市青羊区敬业路108号）
印　　刷　四川华龙印务有限公司
成品尺寸　146mm × 208mm
印　　张　7.5
字　　数　155千
版　　次　2019年12月第1版
印　　次　2024年7月第2次印刷
书　　号　ISBN 978-7-5409-8670-4
定　　价　32.00元

一起猜瑟瑟

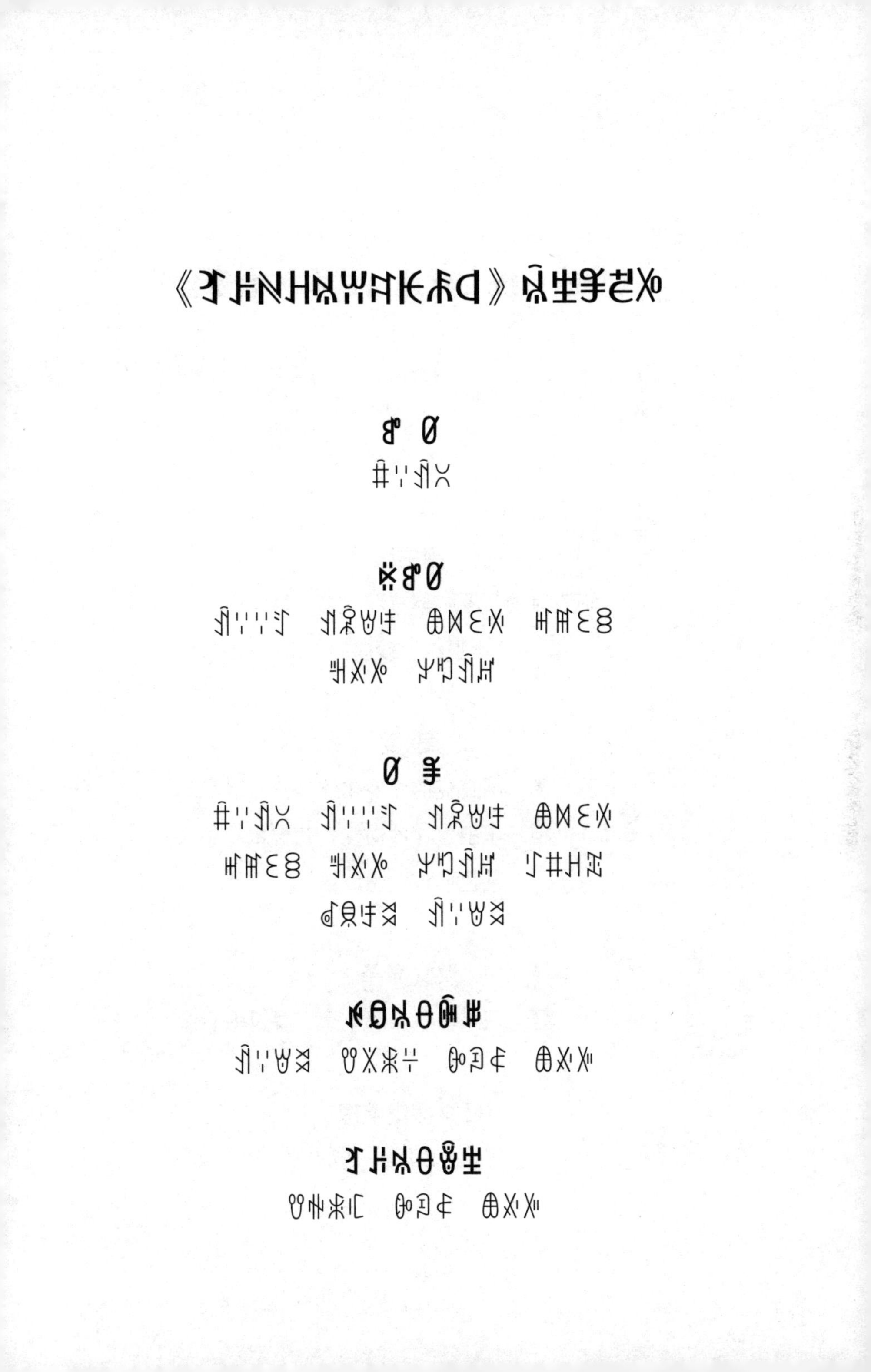

[illegible]《[illegible]》

[illegible]

[illegible]

[illegible]

[illegible] [illegible] [illegible] [illegible]
[illegible] [illegible]

[illegible]

[illegible] [illegible] [illegible] [illegible]
[illegible] [illegible] [illegible] [illegible]
[illegible] [illegible]

[illegible]

[illegible] [illegible] [illegible] [illegible]

[illegible]

[illegible] [illegible] [illegible]

《彝族传统文化通俗读本》编委会

目录

一起猜瑟瑟

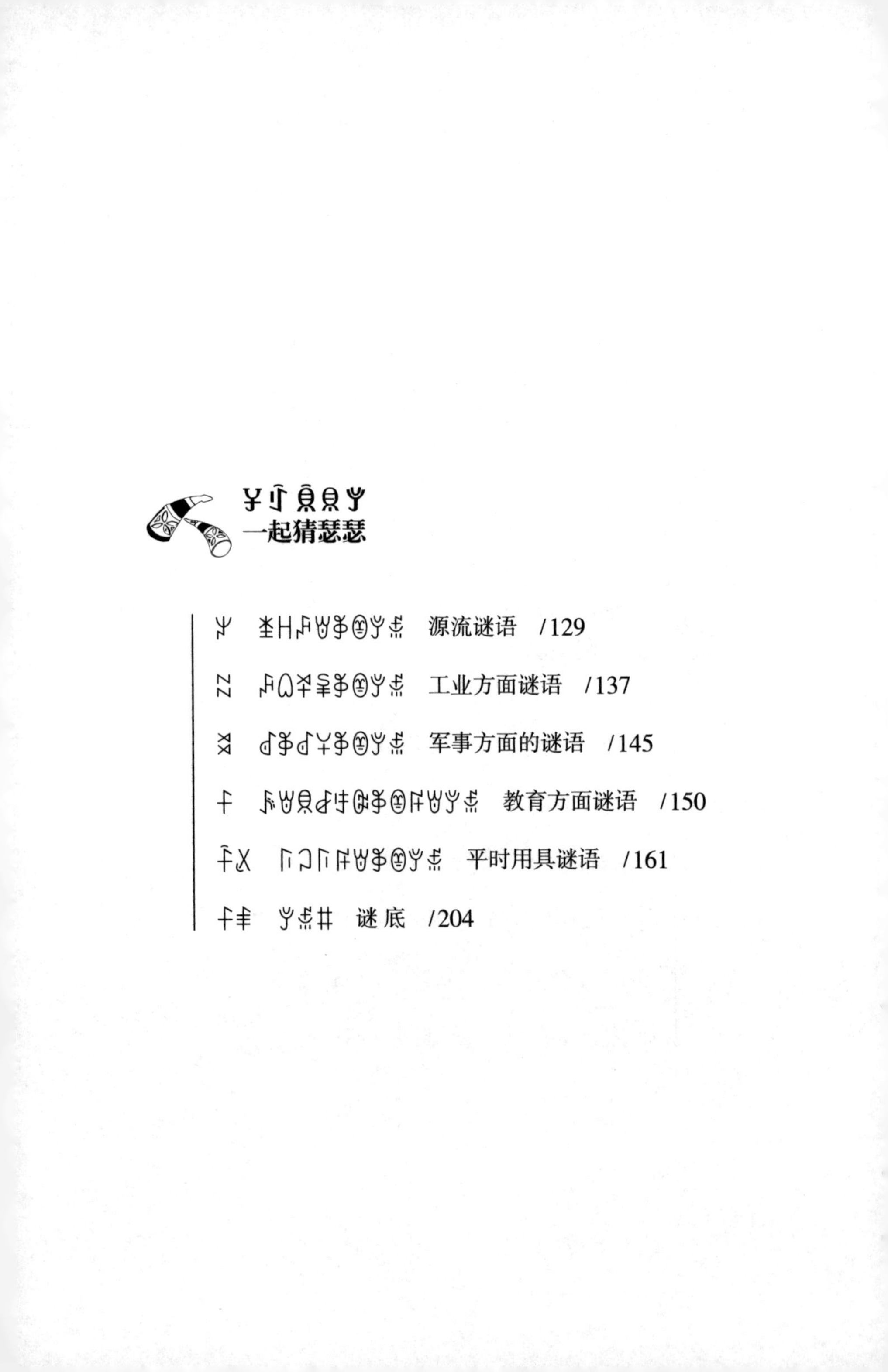

一起猜瑟瑟

[illegible]※
彝文字谜语

1. [illegible]。

父在左，母在右。

2. [illegible]。

猎犬在圈内。

3. [illegible]。

俊马圈中立。

4. [illegible]。

嘴中掉食。

5. [illegible]。

狂笑而掉泪。

6. [illegible]。

一个背八个。

7. [illegible]。

小子背着兔。

8. [illegible]（[illegible]）[illegible]。

一个军人背着金盘。

9. [illegible]。

父亲流泪。

10. [illegible]。

头顶蛇头。

11. [illegible]。

大局观念。

12. [illegible]。

小羊挂铃。

13. [illegible]。

父亲立站蛋上。

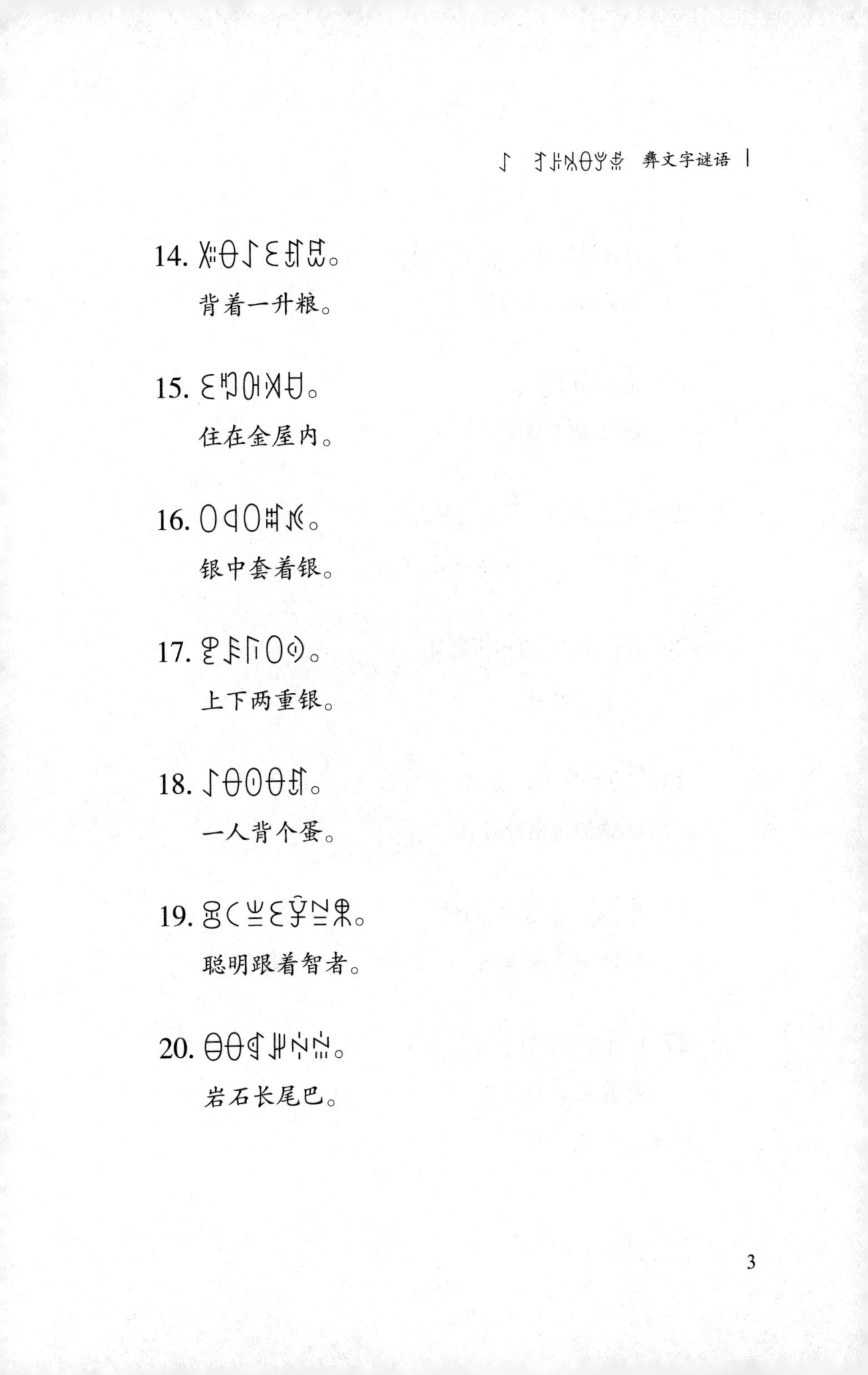

14. [illegible]。

背着一升粮。

15. [illegible]。

住在金屋内。

16. [illegible]。

银中套着银。

17. [illegible]。

上下两重银。

18. [illegible]。

一人背个蛋。

19. [illegible]。

聪明跟着智者。

20. [illegible]。

岩石长尾巴。

21. [illegible]。

两山重，无敌手。

22. [illegible]。

麂头贴个银。

23. [illegible]。

两蛇朝天立，中间夹两点。

24. [illegible]。

竹条串两鱼。

25. [illegible]，[illegible]。

铁锤侧边有个小石头。

26. [illegible]。

父亲坐在金盘上。

27. [illegible]。

两前辈重着坐。

28. [illegible]。

智者背智者。

29. [illegible]，[illegible]。
[illegible]。

史扎史打闹矛盾，两小孩来调和。

30. [illegible]，[illegible]。

坛下垫片金。

31. [illegible]。

两智跟着金。

32. [illegible]。

两根竹筷顶个银元宝。

33. [illegible]，[illegible]。

两人合戴一草帽。

34. [illegible]、[illegible]。

智者爬在鹿下面。

35. [illegible]。

一个银元宝长有两支脚。

36. [illegible]。

一条蛇卷着尾。

37. [illegible]。

箭挑蛇。

38. [illegible]。

大银元套小银元。

39. [illegible]。

太阳侧面挠金盘。

40. [illegible]。

树木枝叶茂。

41. [illegible]。

一人背个金盆。

42. [illegible]。

小子翻身捡蛋吃。

43. [illegible]，[illegible]。

一条虫卷缩睡在木头上。

44. [illegible]，[illegible]。

唱着唱着，掉下三滴泪。

45. [illegible]。

一块金夹在两锅庄间

46. [illegible]，[illegible]。

老人吃饭，流下三滴汗。

47. [illegible]。

一人被捆着。

48. [illegible]，[illegible]。

一人坐在麻上唱歌。

49. ，。

一人气得鼓着大眼。

50. 。

大汉和矮人住一家。

51. ，。

蚯蚓发现个鸟蛋。

52. ，。

吐出口水起个泡。

53. 。

父亲家中睡。

54. ，。

画眉鸟变成猪。

55. ，。

一个智者被马跌了一脚。

56. [illegible]，[illegible]。

蛇仰睡在岩下。

57. [illegible]，[illegible]。

一根木杆横放土地中。

58. [illegible]。

三个智者面向三方。

59. [illegible]。

一只小狗躲在磨槽中。

60. [illegible]。

没有蛋黄的蛋。

61. [illegible]，[illegible]。

叉着的两只筷夹不起两个蛋

62. [illegible]。

独筷夹鸡蛋。

[illegible] [illegible]
自然界谜语

1. [illegible],
   [illegible],
   [illegible],
   [illegible]。

◆ 世上一美女
十五十六正当年
二十七八就患病
三十岁即病逝

2. [illegible],
   [illegible],
   [illegible],
   [illegible]。

◆ 少时有牙
老时有牙
不老不少便无牙

3. [illegible]，
[illegible]。

◆ 有时像船两头翘
有时像筛圆又圆

4. [illegible]，
[illegible]，
[illegible]，
[illegible]。

◆ 一个大足球
能摸能看不能踢
人类难以离开它

5. [illegible]，
[illegible]，
[illegible]，
[illegible]，
[illegible]，
[illegible]。

◆ 说小真小，
盛不下一斗米
说大真大，

能纳大海山川

6. [illegible]。
[illegible]，
[illegible]，
[illegible]。

◆ 一块蓝石板
面上钉满钉
要问多少钉
世人数不清

7. [illegible]，
[illegible]，
[illegible]，
[illegible]。

◆ 本是一条江
清彻又明亮
既无船舶
又无鱼游

8. [illegible]。

◆ 不能弹织的羊毛

9. [illegible]，
[illegible]，
[illegible]，
[illegible]。

◆ 白线连天
剪刀难断
不能织成锦
风吹便折腰

10. [illegible]，
[illegible]，
[illegible]。

◆ 说是花无花园
气温时季不开花
寒冬时季花满山

11. [illegible]
[illegible]，
[illegible]。
[illegible]。

◆ 一片一片
边飞边化

飞进水中
不见化影

12. [illegible]，
[illegible]，
[illegible]，
[illegible]，
[illegible]。

◆ 一个小白孩
又矮又胖
寒风他不怕
日晒汗满身

13. [illegible]，
[illegible]，
[illegible]，
[illegible]。

◆ 说云不是云
说烟不是烟
风吹摇不停
日出便消失

14. [illegible]，
[illegible]，
[illegible]。

◆ 山头的羊毛
看见摸不着

15. [illegible]，
[illegible]。

◆ 熟也可食
生也可食

16. [illegible]，
[illegible]，
[illegible]，
[illegible]。

◆ 水中游玩
塘中游泳
江中行走
海中跳跃

17. [illegible]，
[illegible]。

◆ 蓝线白线两根

连接彝汉村落

18. [illegible]，

[illegible]，

[illegible]，

[illegible]。

◆ 抓不着

割不断

日常生活不可缺

19. [illegible]，

[illegible]，

[illegible]，

[illegible]。

◆ 风吹时

动不停

刀劈时

无痕迹

20. [illegible]，

[illegible]。

◆ 听得见摸不着

看得见抓不着

21. [illegible]，

[illegible]，

[illegible]，

[illegible]。

◆ 树木见它就点头

杂草见它就弯腰

池水见它就起皱

云雾见它就奔跑

22. [illegible]，

[illegible]，

[illegible]，

[illegible]。

◆ 拱桥弯弯

彩线重重

连接天地

谁人能晤

23. [illegible]，
[illegible]，
[illegible]，
[illegible]。

◆ 点火的走在前
击鼓的跟在后

24. [illegible]，
[illegible]，
[illegible]，
[illegible]，
[illegible]，
[illegible]，
[illegible]。

◆ 无处不有
棍打不着
眼见不着
手摸不着
无色又无味
万物离不得

25. [illegible]，
[illegible]，
[illegible]，
[illegible]。

◆ 白天到处跑
夜晚无踪影
万物都爱它
离它无法活

26. [illegible]，
[illegible]，
[illegible]，
[illegible]。

◆ 上去成股烟
下来变成线
冻时变为镜

27. [illegible]，
[illegible]，
[illegible]，
[illegible]。

◆ 远看一个蛋

近看一串蛋
手触便破碎

28. [illegible]，
[illegible]。
[illegible]，
[illegible]。

◆ 清晨草叶上
布满了珍珠
看时亮铮铮
日出便消失

29. [illegible]，
[illegible]，
[illegible]，
[illegible]。

◆ 小珠子
真可爱
看得着
拿不着

30. [illegible]，
[illegible]，
[illegible]，
[illegible]。

◆ 出在水中确怕水
丢在水中便无踪

31. [illegible]，
[illegible]。

◆ 不可食之盐
水中长骨头

32. [illegible]，
[illegible]，
[illegible]，
[illegible]。

◆ 千根银线
头枕高山
脚踏海水

33. [illegible]，
[illegible]，

[illegible]，
[illegible]。

◆ 一根长腰带
弯曲又闪亮
一半在海中
一半在山中

34. [illegible]，
[illegible]，
[illegible]，
[illegible]。

◆ 无风不开花
有风花万朵
花开又花落
花落又花开

35. [illegible]，
[illegible]。

◆ 北风吹来
屋檐挂葱

36. [illegible]，
[illegible]，
[illegible]，
[illegible]。

◆ 一个小矮人
穿件白衣裳
热时躲进屋
出门便流泪

37. [illegible]，
[illegible]。

◆ 岩中有张大白布
千军万马往里冲

38. [illegible]，
[illegible]，
[illegible]，
[illegible]。

◆ 身体轻盈
紧跟人走
入水不湿
入火不灭

39. [illegible]，
[illegible]，
[illegible]。

◆ 一头大牯牛
晨在屋上方
晚在屋下方

40. [illegible]，
[illegible]，
[illegible]，
[illegible]。
[illegible]，
[illegible]。

◆ 爱我一朋友
天天跟着我
有时在我前
有时在我后
与它交流时
弄死不开腔

41. [illegible]，
[illegible]，

[illegible]，
[illegible]，
[illegible]，
[illegible]。

◆ 一位黑姑娘
打之不痛
骂之不听
十男抬不动

42. [illegible]，
[illegible]。

◆ 对面山倒下
这面无法撑

43. [illegible]，
[illegible]，
[illegible]，
[illegible]。

◆ 穿同衣
行同路
白天一路走
晚上各西东

44. [illegible]，
[illegible]，
[illegible]，
[illegible]。

◆ 一闪一根线
空中一把剑
一眨眼工夫
行走千万里

45. [illegible]，
[illegible]，
[illegible]。

◆ 见风就威风凌凌
见雨就无能为力
虽无嘴，但什么都吃尽

46. [illegible]。
[illegible]。

◆ 吃进木棒
吐出白面

47. [illegible]，
[illegible]。

◆ 美丽的红姑
食人不吐骨

48. [illegible]，
[illegible]。

◆ 能见着美影
抓不着美体

49. [illegible]，
[illegible]，
[illegible]，
[illegible]，
[illegible]，
[illegible]，
[illegible]，
[illegible]。

◆ 一棵大树
无枝无叶
刀砍不着
斧劈不着

只怕风来
折断其腰

50. [illegible]，
[illegible]，
[illegible]，
[illegible]。

◆ 阿普家屋顶
有棵大松树
无刀能砍伤
无斧能劈断

51. [illegible]，
[illegible]，
[illegible]，
[illegible]。

◆ 太空弟兄俩
一个在吼叫
一个在跳跃

52. [illegible]，
[illegible]，

[illegible]。

◆ 响鼓在前

火苗在后

白花怒放

53. [illegible]，

[illegible]，

[illegible]，

[illegible]。

◆ 老大在前面大骂

老二点火跟在后

老三泪流满

老四到处蹦跑

54. [illegible]，

[illegible]，

[illegible]，

[illegible]。

◆ 天空带花带

红剑插大地

屋檐挂大葱

窗口结珍珠

55. [illegible]，
[illegible]，
[illegible]，
[illegible]。

◆ 一块大绿石
满钉白银钉
锣鼓敲响后
银剑便起舞

56. [illegible]，
[illegible]，
[illegible]，
[illegible]。

◆ 地坎背满星
地堡装腊肉
水牛长浓胞
大河缠腰带

三 [illegible]
人体谜语

1. [illegible]，
[illegible]，
[illegible]。

◆ 幼时四肢脚
中时两肢脚
老时三肢脚

2. [illegible]，
[illegible]，
[illegible]，
[illegible]。

◆ 一个葫芦七个洞
七洞七功能
世间生存
缺一不可

3. [illegible]，
[illegible]，

[illegible]。

◆ 有嘴没牙齿

有脚不会走

有手不会拿

4. [illegible]，

[illegible]。

◆ 山顶一片林

砍尽又复发

5. [illegible]，

[illegible]。

◆ 山竹茂密

竹体无结

6. [illegible]，

[illegible]，

[illegible]，

[illegible]。

◆ 两个房屋一般大

开门关门同步行

能装万斤人与货

只怕丁点灰尘入

7. [illegible]，
[illegible]。

◆ 两兄妹
隔坐山
永不见

8. [illegible]，
[illegible]。

◆ 昼日忙不停
夜来关门睡

9. [illegible]，
[illegible]，
[illegible]，
[illegible]。

◆ 上方一蔟草
下方一蔟草
中间藏颗珠

10. [illegible]，
[illegible]，
[illegible]，
[illegible]。

◆ 清晨开门
晚上关门
走进一看
小鬼一对

11. [illegible]，
[illegible]。

◆ 两个大岩洞
内有两蔟灰

12. [illegible]，
[illegible]，
[illegible]，
[illegible]。

◆ 生在一天
长在两方
说时能听见
死时见不着

13. [illegible]，
[illegible]。

◆ 两块大平坝
隔着两姊妹
到死未见面

14. [illegible]，
[illegible]，
[illegible]，
[illegible]。

◆ 两位亲兄弟
住在山两边
到死未相见

15. [illegible]，
[illegible]，
[illegible]，
[illegible]。

◆ 大山梁下
两大岩洞
风进风出
全是靠它

16. [illegible]，
[illegible]。

◆ 岩间两个洞
一洞一蔟草

17. [illegible]，
[illegible]，
[illegible]，
[illegible]。

◆ 背看天空
面看大地
如若难猜
相互瞧瞧

18. [illegible]，
[illegible]，
[illegible]。

◆ 水池两边栽韭菜
韭菜先黑后来白
天天浇水不开花

19. [illegible]，
[illegible]，
[illegible]，
[illegible]。

◆ 两行大白菜
一行往上长
一行往下长
两行常相斗

20. [illegible]，
[illegible]，
[illegible]，
[illegible]，
[illegible]，
[illegible]。

◆ 弟兄三十多
弟弟生在前
哥哥生在后
弟弟在放哨
哥哥在推磨

21. [illegible]，
[illegible]，
[illegible]，
[illegible]。

◆ 洞中一座桥
一头在动
一头不动

22. [illegible]，
[illegible]，
[illegible]，
[illegible]。

◆ 十位亲兄弟
身高不一样
左右排两行
团结能移山

23. [illegible]，
[illegible]，
[illegible]，
[illegible]，
[illegible]，

[illegible]。

◆ 一棵树五枝丫

无叶亦无花

做事全靠它

24. [illegible]，

[illegible]，

[illegible]，

[illegible]。

◆ 十个小伙子

分成两个队

团结起来能搬山

25. [illegible]，

[illegible]，

[illegible]，

[illegible]，

[illegible]，

[illegible]，

[illegible]，

[illegible]。

◆ 树上五根枝

不长叶
不开花
不结果
世上事
都靠它

26. [illegible]，
[illegible]，

◆ 背长在前
肚长在后

27. [illegible]，
[illegible]，
[illegible]，
[illegible]。

◆ 左一支右一支
前一支后一支
探亲访友全靠它

28. [illegible]，
[illegible]，
[illegible]，

[illegible]。

◆ 十个小光头
分成两排站
共穿一件衣
共盖一床被

29. [illegible]，
[illegible]。

◆ 两君子下来
五君子上迎

30. [illegible]，
[illegible]，
[illegible]，
[illegible]，
[illegible]，
[illegible]。

◆ 先是四支脚
后又两支脚
最后三支脚

31. [illegible]，
[illegible]，
[illegible]，
[illegible]，
[illegible]，
[illegible]。

◆ 翻山越岭身不动
酒肉填肚仍然饿
放声高唱听不见
倾盆大雨淋不湿

32. [illegible]，
[illegible]，
[illegible]，
[illegible]。

◆ 似水非水
似雨非雨
寒时睡觉
热时挠人

33. [illegible]，
[illegible]。

◆ 上是茂密森林
下是碧蓝海洋

34. [illegible]，
[illegible]。

◆ 十个小孩一块玩
每个头上顶片瓦

35. [illegible]，
[illegible]。

◆ 一块紫色盘上
坐着一只绿鸟

36. [illegible]，
[illegible]，
[illegible]，
[illegible]。

◆ 活时人爱它
死时人怕它
活时人怕它
死时人爱它

[illegible] [illegible]

农业机器谜语

1. [illegible]，
   [illegible]，
   [illegible]，
   [illegible]，
   [illegible]，
   [illegible]。

◆ 无头亦无脚
全身长满牙
专吃庄稼草
吐出黄珍珠

2. [illegible]，
   [illegible]，
   [illegible]，
   [illegible]。

◆ 一条大耕牛
喝水不抬头
边喝边屙出

3. [illegible]，
[illegible]，
[illegible]，
[illegible]。

◆ 一条大铁牛
河水被喝干
庄稼见它欢
大旱见它躲

4. [illegible]，
[illegible]，
[illegible]，
[illegible]。

◆ 手拿荷花叶
隆隆往前迈
挖山又填石

5. [illegible]，
[illegible]，
[illegible]，
[illegible]。

◆ 远看像白云

近看则下雨
望天烈日挂
幼苗见它欢

6. [illegible]，
[illegible]，
[illegible]，
[illegible]。

◆ 身穿铁衣
肚中长牙
吃进颗粒粮
吐出喂牛羊

7. [illegible]，
[illegible]，
[illegible]，
[illegible]。

◆ 池塘边上
月琴当当
吐出甘泉
丰收在望

8. [illegible]，
[illegible]，
[illegible]。

◆ 一个奇怪的汉子
牙齿长在嘴皮外
顿顿饱吃杂草物

9. [illegible]，
[illegible]，
[illegible]，
[illegible]。

◆ 头是铁
尾是木
像弯月
专吃麦

10. [illegible]，
[illegible]。

◆ 胖儿守家
弯儿寻粮

11. [illegible]，
[illegible]。

◆ 驼背出去寻粮
胖儿在家守候

12. [illegible]，
[illegible]，
[illegible]，
[illegible]。

◆ 齐齐的牙
横着睡觉
专剃田头
边剃边死

13. [illegible]，
[illegible]。

◆ 田中来回走
有齿而无嘴

14. [illegible]，
[illegible]，
[illegible]，

[illegible]。

◆ 一把铁梳子
梳齿白华华
不梳人的头
只梳地的头

15. [illegible]，
[illegible]。

◆ 喜鹊翘尾巴
田边地角转

16. [illegible]，
[illegible]，
[illegible]，
[illegible]，
[illegible]，
[illegible]，
[illegible]，
[illegible]。

◆ 大大的头
薄薄的嘴
细细的腿

无事之时
撑墙睡觉
有事之时
长伸脖颈
刨泥铲草

17. [illegible]，
[illegible]，
[illegible]，
[illegible]。

◆ 薄薄的嘴
厚厚的背
腰间长支脚

18. [illegible]，
[illegible]，
[illegible]，
[illegible]。

◆ 弯弯木两根
直直木两根
园园盘两个
接水笨两个

19. [illegible]，
[illegible]，
[illegible]，
[illegible]。

◆ 身小心不小
越钻越猛劲
挖山掘洞时
它都冲在前

20. [illegible]，
[illegible]，
[illegible]，
[illegible]。

◆ 上天不下雨
庄稼低下头
空中蝴蝶舞
洒下倾盆雨

21. [illegible]，
[illegible]，
[illegible]，
[illegible]。

◆ 林上蝴蝶飞
洒下毛毛雨
害虫全灭光

22. [illegible]，
[illegible]，
[illegible]，
[illegible]。

◆ 山中一面镜
涝时家中闲
旱时便出门
救下无数苗
丰收全靠它

23. [illegible]，
[illegible]，
[illegible]，
[illegible]。

◆ 一个小铁人
厚厚的嘴皮
安上一双手
吐出清泉水

24. [illegible]，
[illegible]，
[illegible]，
[illegible]。

◆ 一座长石桥
桥墩一排排
关门水睡觉
开门水奔腾

25. [illegible]，[illegible]，
[illegible]，[illegible]。

◆ 水桶漏了底
十人抬不动

26. [illegible]，
[illegible]，
[illegible]，
[illegible]，
[illegible]，
[illegible]，
[illegible]。

◆ 一个汉子田中立

不会吃来不会喝
不会说来不会笑
野兽见它不敢近
禽鸟见它远飞去

27. [illegible]，
[illegible]，
[illegible]，
[illegible]。

◆ 无油无电也能亮
无柴无炭可作饭
喜吃草来喜喝水
周围庄稼见它长

28. [illegible]，
[illegible]，
[illegible]，
[illegible]。

◆ 老大开车带铁皮
老二开车带铁板
老三开车带铁腕
老四开车带铁轮

[illegible] [illegible]
植物谜语

1. [illegible]，
[illegible]。

◆ 天上一挥
地上一叫

2. [illegible]，
[illegible]，
[illegible]。

◆ 山上打一鞭
山下万鸟亡

3. [illegible]

◆ 石板生肿瘤

4. [illegible]，
[illegible]。

◆ 年轻时一头白发
年老时一头黑发

5. [illegible]，
[illegible]，
[illegible]。

◆ 三四瓦
筑成房
白女住

6. [illegible]，
[illegible]，
[illegible]，
[illegible]。

◆ 小时穿绿衣
长大穿黄衣
金屋银屋内
座着白发翁

7. [illegible]，
[illegible]，
[illegible]，
[illegible]。

◆ 一个小黄袋
装着白玉珠

待到秋来时

玉珠堆满地

8. [illegible]，
[illegible]。

◆ 汉子座家中

胡子露屋外

9. [illegible]，
[illegible]。

◆ 一只黄母猪

只长一根毛

10. [illegible]，
[illegible]。

◆ 一个汉子只长一根胡

11. [illegible]，
[illegible]，
[illegible]，
[illegible]。

◆ 脱掉黄衣服

成了蚂蚁蛋

12. [illegible]，
[illegible]。

◆ 池水沸腾
白羊奔跳

13. [illegible]，
[illegible]，
[illegible]，
[illegible]，
[illegible]，
[illegible]，
[illegible]，
[illegible]。

◆ 春天穿绿衣
秋天穿黄衣
脚踏池塘水
从来不洗澡

14. [illegible]，
[illegible]，

[illegible]，
[illegible]。

◆ 腰中长胡子
拔出胡子后
露出白牙齿

15. [illegible]，
[illegible]，
[illegible]。

◆ 身穿绿衣
头带红须
腰抱金娃

16. [illegible]，
[illegible]，
[illegible]，
[illegible]。

◆ 一个老头
头长胡须
脱掉衣服
露出珍珠

17. [illegible]，
[illegible]。

◆ 老人坐在家
胡子却在外

18. [illegible]
[illegible]。

◆ 老树一倒下
根下全是蛋

19. [illegible]，
[illegible]。

◆ 嘎树下面
嘎果无数

20. [illegible]，
[illegible]，
[illegible]，
[illegible]。

◆ 一根蓝竹
十八个结
红头老人

座在其上

21. [illegible]，
[illegible]，
[illegible]，
[illegible]。

◆ 矮子军官
身佩军刀
刀鞘长毛
内座小童

22. [illegible]，
[illegible]。

◆ 地上饶藤条
地下生罗卜

23. [illegible]，
[illegible]，
[illegible]，
[illegible]。

◆ 一只红公鸡
长出绿尾巴

住在泥土中

24\. [illegible]，
[illegible]，
[illegible]，
[illegible]，
[illegible]。

◆ 绿枝绿叶
果实垒垒
外骨内毛
成熟以后
内骨外毛

25\. [illegible]，
[illegible]，
[illegible]，
[illegible]，
[illegible]，
[illegible]。

◆ 长在泥土中
伸手十八只
一年两季花

花落变羊毛

26. [illegible],
[illegible],
[illegible],
[illegible]。

◆ 枝上开黄花
黄花谢时长绿果
绿果熟后开白花

27. [illegible],[illegible]。

◆ 黄花落,白花开

28. [illegible],
[illegible],
[illegible],
[illegible]。

◆ 外穿麻布
内穿红绸
脱掉衣服
白果一颗

29. [illegible]，
[illegible]，
[illegible]，
[illegible]。

◆ 地面开花不结果
地下开花结满果

30. [illegible]，
[illegible]，
[illegible]，
[illegible]。

◆ 蓝蓝的身段
黄黄的脸蛋
朝东咪咪笑
产子人人爱

31. [illegible]，
[illegible]，
[illegible]，
[illegible]。

◆ 穿绿衣
戴黄帽

见风就点头
见日就微笑

32. [illegible]，
[illegible]，
[illegible]，
[illegible]。

◆ 像竹不是竹
全身长满节
身穿紫兰衣
生食熟不食

33. [illegible]，
[illegible]。

◆ 一只黄母鸡
下出黑鸡蛋

34. [illegible]，
[illegible]，
[illegible]，
[illegible]。
[illegible]。

◆ 那边是悬崖
这边是悬崖
中间吊个鬼

35. [illegible]，
[illegible]。

◆ 有儿胖登登
有女黄争争

36. [illegible]，
[illegible]。

◆ 山下一水牛
采吃山头草

37. [illegible]，
[illegible]，
[illegible]，
[illegible]。

◆ 父为腾条
母为绿叶
子为色蛋
女为黄花

38. [illegible]，
[illegible]。

◆ 山野沟里
恶狗咬人

39. [illegible]，
[illegible]，
[illegible]，
[illegible]。

◆ 小时可食用
长大不能吃
身体长结不能弯

40. [illegible]，
[illegible]。

◆ 年轻时能吃不能用
年老时能用不能吃

41. [illegible]，
[illegible]，
[illegible]。

◆ 一个老人坐在岩上

把脚伸向岩脚

42. [illegible]，
[illegible]，
[illegible]，
[illegible]。

◆ 生在山中
死在罐中

43. [illegible]。

◆ 死后重生

44. [illegible]，
[illegible]，
[illegible]，
[illegible]。

◆ 红口袋
绿口袋
有人怕
有人爱

45. [illegible]，
[illegible]，
[illegible]，
[illegible]。

◆ 不削自然尖
不染自然红
众人爱又怕

46. [illegible]，
[illegible]。

◆ 年轻时爬上树枝
回来时变成老汉

47. [illegible]，
[illegible]。

◆ 一个跳蚤吊下洞
爬回时变成了大饼

48. [illegible]。
[illegible]，
[illegible]，
[illegible]，

[illegible]，
[illegible]。

◆ 一头绿一头白
一头实一头空
一头在地上
一头在地下

49. [illegible]，
[illegible]，
[illegible]，
[illegible]。

◆ 兄弟七八个
围着柱子坐
大家一分手
衣服就扯破

50. [illegible]，
[illegible]，
[illegible]，
[illegible]。

◆ 说葱太矮
说蒜无辨

51. [illegible]，
[illegible]，
[illegible]，
[illegible]。

◆ 弟兄围着坐
衣服一扯破
大家四处跑

52. [illegible]。

◆ 青山牵白线

53. [illegible]，
[illegible]。

◆ 一只黄鸡母
只有一支脚

54. [illegible]，
[illegible]，
[illegible]，
[illegible]，

◆ 头戴尖帽
身穿彩裙

三月四月后

不能再待客

55. [illegible]
[illegible]，
[illegible]，
[illegible]。

◆ 一个黄太婆

口恶舌头辣

长到年迈时

孩子都怕它

56. [illegible]，
[illegible]，
[illegible]，
[illegible]。

◆ 一把蓝伞

一把黄伞

伞下一堆蛋

57. [illegible]，[illegible]，
[illegible]，[illegible]。

◆ 一把伞掉进林中
打开后无法再收

58. [illegible]，
[illegible]，
[illegible]，
[illegible]。

◆ 小时是绿色
大时是红色
身穿一短裤
藏个黑珍珠

59. [illegible]，
[illegible]，
[illegible]，
[illegible]。

◆ 身穿红衣裳
头戴蓝帽子
笨笨拙拙泥中睡

60. [illegible]，
[illegible]，

[illegible]，
[illegible]。

◆ 空心不空
实心不实
生在水中
死在锅中

61. [illegible]，
[illegible]，
[illegible]，
[illegible]。

◆ 一个小伙
地下筑窝
年龄不大
想法挺多

62. [illegible]，
[illegible]，
[illegible]，
[illegible]。

◆ 一棵紫树
开紫色花

结紫色果

63. [illegible]，
[illegible]，
[illegible]，
[illegible]。

◆ 兄弟几位
平肩而坐
小时穿绿衣
大时穿黄衣

64. [illegible]，
[illegible]，
[illegible]，
[illegible]，
[illegible]，
[illegible]，
[illegible]。

◆ 一个胖娃
尖嘴无手脚
全身长满毛

65. [illegible]，[illegible]，
[illegible]，[illegible]。

◆ 一红碗
盛白饭
埋地下
不腐烂

66. [illegible]，
[illegible]，
[illegible]，
[illegible]。

◆ 水上一铃
摇它不响
仔细一看
眼珠一亮

67. [illegible]。
[illegible]，
[illegible]，
[illegible]。

◆ 被面外红来内白
兄弟七八为一家

酸甜之味结一身
人之见后人之爱

68. [illegible]，
[illegible]，
[illegible]，
[illegible]。

◆ 小时绿
大时黄
咬一口
泪即出

69. [illegible]，
[illegible]，
[illegible]，
[illegible]。

◆ 绿色身体
两头尖尖
口头尝尝
先苦后甜

70. [illegible]，
[illegible]，
[illegible]。

◆ 看到的是绿色
吃到的是红色
吐出的是黑色

71. [illegible]，
[illegible]，
[illegible]，
[illegible]。

◆ 红色坛子
盛满红菜
吃进酸甜
吐出白果

72. [illegible]，
[illegible]，
[illegible]，
[illegible]。

◆ 老太婆一张口
口中全是红珠子

73. [illegible]，
[illegible]，
[illegible]，
[illegible]。

◆ 貌似鸡蛋
全身红艳
食进如密

74. [illegible]，
[illegible]，
[illegible]，
[illegible]。

◆ 小时乖乖胖
老时长满皱
食其肉吐白骨

75. [illegible]，
[illegible]。

◆ 一棵树上坐着
一只小鹰

76. [illegible]
[illegible]，
[illegible]，
[illegible]，
[illegible]。

◆ 一年四季绿
从来不开花
手掌常张开
两边全是刺

77. [illegible]，
[illegible]。

◆ 一棵树上飞出一群鸟

78. [illegible]，
[illegible]。

◆ 山头打猎
山腰刮猎

[illegible]
动物谜语

1. [illegible]，
[illegible]，
[illegible]，
[illegible]，
[illegible]，
[illegible]。

◆ 生在深山
遍地行走
背背星点
兽中尊王

2. [illegible]，
[illegible]，
[illegible]，
[illegible]。

◆ 似是家猫
翘着胡子
摇着尾巴

吃尽猪羊

3. [illegible]，
[illegible]，
[illegible]，
[illegible]。

◆ 头顶树叉
身穿黄衣
跳跃奔驰

4. [illegible]，
[illegible]，
[illegible]，
[illegible]。

◆ 身如山包
鼻如树干
身作扇子
为人出力

5. [illegible]，
[illegible]。

◆ 从小长包到老死

6. [illegible]，
[illegible]，
[illegible]，
[illegible]，
[illegible]，
[illegible]。

◆ 头像蓑
颈像鹅
不是牛
不怕苦
能耐渴

7. [illegible]，
[illegible]，
[illegible]；
[illegible]。

◆ 似弧不是弧
似狗不是狗
前带一把铡
后拖一扫帚
食物全是肉

8. [illegible]。

◆ 不能骑之黑马

9. [illegible]，
[illegible]，
[illegible]，
[illegible]。

◆ 摇着尖嘴
抬着细腿
拖着长尾
奸之滑之

10. [illegible]，
[illegible]，
[illegible]，
[illegible]。

◆ 肚中挂袋
一生不离
不装食物
只背幼仔

11. [illegible]，
[illegible]，
[illegible]，
[illegible]。

◆ 不背口粮
不带行李
全身背剑

12. [illegible]，
[illegible]，
[illegible]，
[illegible]。

◆ 东边行
西边走
只卖针
不带线

13. [illegible]，
[illegible]，
[illegible]，
[illegible]。

◆ 似熊不是熊

似猫不是猫
林中来栖身
竹笋来充肌

14. [illegible]，
[illegible]，
[illegible]，
[illegible]，
[illegible]，
[illegible]，
[illegible]，
[illegible]，
[illegible]。

◆ 白天睡觉
晚上做贼
只闯鸡场
专偷鸡鸭

15. [illegible]，
[illegible]，
[illegible]，
[illegible]。

◆ 白天睡觉

晚上出行

世间万物

唯鼠惧它

16. [illegible]，

[illegible]，

[illegible]，

[illegible]，

[illegible]，

[illegible]。

◆ 见主摇尾

见客怒吼

17. [illegible]，

[illegible]，

[illegible]，

[illegible]。

◆ 住在家里

玩在林里

见客露凶象

见主摇尾巴

18. [illegible]，
[illegible]，
[illegible]，
[illegible]。

◆ 身似野鼠
行似猴子
只爬果树
只食果子

19. [illegible]，
[illegible]。

◆ 天枪不能弯
黑棒不能逮

20. [illegible]，
[illegible]，
[illegible]，
[illegible]，
[illegible]，
[illegible]，
[illegible]。

◆ 无手无脚跑得快

爬树钻缝无阻碍

漂水似箭

平地难行

21. [illegible],
[illegible]。

◆ 黑棍虽美

难作拐杖

22. [illegible],
[illegible],
[illegible],
[illegible]。

◆ 一根长绳

花花点点

路上行走

弯弯曲曲

23. [illegible],
[illegible],
[illegible],
[illegible]。

◆ 一只小鼠
身长两翘
白天睡觉
夜晚出行

24. [illegible]，
[illegible]，
[illegible]，
[illegible]，
[illegible]，
[illegible]。

◆ 住在走马转角楼
两扇大门永常开
豺狼虎豹他不怕
只怕家中一只猫

25. [illegible]，
[illegible]，
[illegible]，
[illegible]。

◆ 头尾两头尖
牙齿像针尖

坏事他做尽

26. [illegible]，
[illegible]，
[illegible]，
[illegible]，
[illegible]，
[illegible]。

◆ 白天偷吃粮油
夜晚啃咬木柜

27. [illegible]
[illegible]，
[illegible]，
[illegible]，
[illegible]。

◆ 肥头大耳
其丑无比
好吃懒做
全身是宝

28. [illegible]，
[illegible]，
[illegible]，
[illegible]。

◆ 短嘴尖耳
饱了酣睡

29. [illegible]。

◆ 簸箕去尾巴

30. [illegible]，
[illegible]，
[illegible]。

◆ 有的解袋
有的弯弓
有的做馍

31. [illegible]，
[illegible]，
[illegible]，
[illegible]。

◆ 说牛不是牛

说马不是马
四季雪中游
驼骑不离它

32. [illegible]，
[illegible]。

◆ 累时背人
饿时背粮

33. [illegible]，
[illegible]。

◆ 四根木桩子
带着四个饼

34. [illegible]，
[illegible]，
[illegible]，
[illegible]。

◆ 有父不跟父姓
有母不象母貌

35. [illegible]，
[illegible]，
[illegible]，
[illegible]。

◆ 生来就劲大
有父也有妈
即没有父姓
也没有母名

36. [illegible]，
[illegible]，
[illegible]，
[illegible]。

◆ 身穿毛绒
野山吃草
为人暖和
脱其绒毛

37. [illegible]，
[illegible]，
[illegible]，
[illegible]。

◆ 吃的是绿草

屙的是黑豆

38. [illegible]，

[illegible]，

[illegible]，

[illegible]。

◆ 从小长白胡

跪着喝母奶

39. [illegible]，

[illegible]，

[illegible]，

[illegible]，

[illegible]。

◆ 白胡老头

背着黑豆

边走边漏

40. [illegible]，

[illegible]，

[illegible]，

[illegible]。

◆ 头戴红冠

身着彩衣

守家护门

凌晨催人

41. [illegible]，

[illegible]，

[illegible]，

[illegible]。

◆ 头戴红帕子

身穿花衣服

夜晚静悄悄

早晨闹吐吐

42. [illegible]，

[illegible]，

[illegible]，

[illegible]。

◆ 嗞嗞喳喳叫

跳跃着行走

围在妈周围

碎米全销光

43. [illegible]，
[illegible]。

◆ 前带钳子
后拖绵毛

44. [illegible]，
[illegible]。

◆ 剥的是内皮
吃的是外皮

45. [illegible]，
[illegible]，
[illegible]，
[illegible]。

◆ 老太一群
摇摇摆摆
跳进水中
尽吃鱼虾

46.  [illegible]，
[illegible]，
[illegible]，
[illegible]。

◆ 手持鞘片
脚带扇子
摇摇摆摆
水上划船

47. 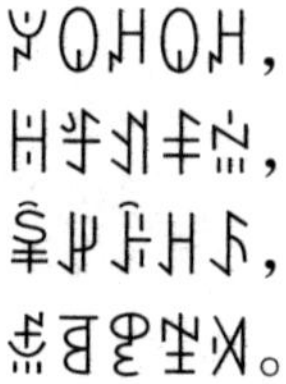 [illegible]，
[illegible]，
[illegible]，
[illegible]。

◆ 身穿白服
头戴红帽
看似文明
出口吓人

48. 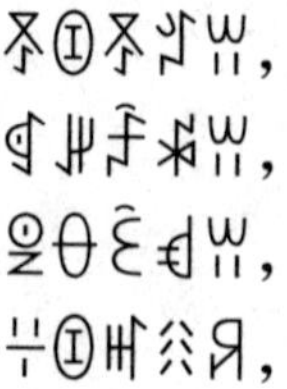 [illegible]，
[illegible]，
[illegible]，
[illegible]，

[illegible]，
[illegible]。

◆ 尖尖的耳
短短的嘴
绒绒的身
小小的胆

49. [illegible]，
[illegible]，
[illegible]，
[illegible]。

◆ 黑羊白羊掉在水里
黑羊游了上来
白羊消失在水中

50. [illegible]。
[illegible]。

◆ 一座小山头
长了四棵树
两棵是干的
两棵是活的

51. [illegible]。

◆ 干树活树两双四棵长在一起

52. [illegible]，
[illegible]
[illegible]，
[illegible]。

◆ 春暖花开它到来
种植撒播一片忙
夏日炎炎它返回
丰收景象一片欢

53. [illegible]，
[illegible]，
[illegible]，
[illegible]，
[illegible]，
[illegible]。

◆ 产蛋孵仔靠别人的窝
哺养子女靠别人的母

54. [illegible]，
[illegible]，
[illegible]，
[illegible]，
[illegible]，
[illegible]。

◆ 一只鸟
真奇怪
不能飞
却能跑
遇险情
会藏头

55. [illegible]，
[illegible]，
[illegible]，
[illegible]。

◆ 住在悬崖
披着蓑衣
游在太空
顿顿吃肉

56. [illegible]，
[illegible]，
[illegible]，
[illegible]。

◆ 飞在天上
跑在地上
雀鸟见它
惊慌失措

57. [illegible]，
[illegible]，
[illegible]，
[illegible]。

◆ 远看一只猫
近看一只鸟
睡觉在白天
觅食在夜晚

58. [illegible]，
[illegible]，
[illegible]，
[illegible]。

◆ 一只鸟

尖尖嘴

专吃虫

保护树

59. [illegible]，

[illegible]，

[illegible]，

[illegible]。

◆ 身穿黑衣

尾托剪刀

秋去春回

60. [illegible]。

◆ 一剑直冲太空

61. [illegible]，

[illegible]。

◆ 虽无手却做出精制的碗

62. [illegible]，

[illegible]，

[illegible]，
[illegible]。

◆ 一个人指着一把长剑
吼叫着冲入了深谷

63. [illegible]，
[illegible]。

◆ 无羊而身披黑毡

64. [illegible]，
[illegible]。

◆ 无赤料而染赤嘴

65. [illegible]，
[illegible]。

◆ 无银而颈挂银饰

66. [illegible]。

◆ 有柴而无火

67. [illegible]，
[illegible]。

◆ 不种荞而全年食荞粒

68. [illegible]，
[illegible]，
[illegible]，
[illegible]。

◆ 黑头白尾
长长尾巴
天天报消息

69. [illegible]，
[illegible]，
[illegible]，
[illegible]。

◆ 身居田间
深知时段
飞南飞北

70. [illegible]，
[illegible]，
[illegible]，
[illegible]。

◆ 说鸭不是鸭
天空中飞翔
秋天往南去
团结一条线
名扬于天下

71. [illegible]，
[illegible]，
[illegible]，
[illegible]。

◆ 唱着萎婉动听的歌
自由生活在草原里

72. [illegible]，
[illegible]，
[illegible]，
[illegible]。

◆ 鸟中它最小
嘴壳像针尖
看似一个蜂
飞时一只鸟

73. [illegible]，
[illegible]，
[illegible]，
[illegible]。

◆ 头顶红帽
身穿绿衣
会说人话

74. [illegible]，
[illegible]，
[illegible]，
[illegible]，
[illegible]，
[illegible]，
[illegible]。

◆ 头似一朵花
尾似一把扇
誉为鸟之王

75. [illegible]，
[illegible]，
[illegible]，

[illegible]。

◆ 说家鸡是家鸡
说野鸡是野鸡
通过训练懂人性
书信往来全靠它

76. [illegible]，
[illegible]，
[illegible]，
[illegible]。

◆ 夫妻一对对
感情深似海
像鸭水中游

77. [illegible]，
[illegible]，
[illegible]，
[illegible]，
[illegible]，
[illegible]。

◆ 嘴小尾巴翘
不会走来只会飞

跳到树上喳喳叫不停

78. [illegible]，
[illegible]。

◆ 它的到来时
就是大地披绿时

79. [illegible]，
[illegible]，
[illegible]，
[illegible]，
[illegible]。

◆ 一位姑娘
建了一座房
房中无门也无窗

80. [illegible]，
[illegible]，
[illegible]，
[illegible]。

◆ 一群美女
身穿黄衣

你如得罪
拔剑伤你

81. [illegible]，
[illegible]，
[illegible]，
[illegible]。

◆ 美丽小姑娘
身穿黄衣服
只要你惹她
她就来叮你

82. [illegible]，
[illegible]，
[illegible]，
[illegible]，
[illegible]，
[illegible]。

◆ 千万美女团结为一体
勤苦耐劳而心灵手巧
一年四季彩花山野
作出的食品用途广

83.

◆ 千军万马为一家

共住走马转角宫

团结一致共创业

劳动成果甜人间

84.

◆ 岩上杀羊

岩下接血

85.

◆ 千百万人住一家

建房不用木

只用地中泥

不用锯不用刨

修出走马转角宫

86. [illegible]，
[illegible]，
[illegible]，
[illegible]，
[illegible]。

◆ 一只特别的虫

红眼睛黄身子

不会采花只抓虫

护粮能手就是它

87. [illegible]，
[illegible]，
[illegible]，
[illegible]，
[illegible]，
[illegible]；
[illegible]，
[illegible]。

◆ 远看黑压压
近看尾吊米
攀树爬岩样样能
不停运米备冬粮

88. [illegible],
[illegible],
[illegible],
[illegible],
[illegible],
[illegible]。

◆ 身穿白衣
貌不惊人
坏事做尽
纸木被碎

89. [illegible]。

◆ 吱吱、吱吱爬树梢

90. [illegible],
[illegible],
[illegible],

[illegible]。

◆ 小嘴像锥子
树中寻食物
虽然嘴不动
唱出动听曲

91. [illegible]，[illegible]，
[illegible]，
[illegible]，
[illegible]。

◆ 小耕牛长双翅
角比身子长
都说是个锯能手
果木树林全被害

92. [illegible]，
[illegible]，
[illegible]，
[illegible]，
[illegible]，
[illegible]，
[illegible]，

[illegible]，
[illegible]，
[illegible]。

◆ 小美女长双翅
空中飞寻虫食
低飞时定下雨
高飞时定晴天
辨别天晴下雨
它是专家能手

93. [illegible]，
[illegible]，
[illegible]，
[illegible]，
[illegible]，
[illegible]。

◆ 石缝中生存
草丛中行走
在家叫不停
出行便打架
赢时抬头叫
输时静悄悄

94. [illegible]，
[illegible]，
[illegible]，
[illegible]，
[illegible]。

◆ 头戴红帽
身穿兰衣
身长翅膀
脚上长毛
专钻脏处

95. [illegible]，
[illegible]，
[illegible]，
[illegible]。

◆ 专织大天网
等着飞来物
不愁吃来不愁住
你说它聪明不聪明

96. [illegible]。

◆ 有线无针

97. [illegible]，
[illegible]，
[illegible]，
[illegible]，
[illegible]，
[illegible]。

◆ 一个小姑娘
织网忙不停
织网不网鱼
只网虫类来作食

98. [illegible]，
[illegible]，
[illegible]，
[illegible]，
[illegible]。

◆ 一个奇怪的老头
织网撒太空
清晨露珠过
夜晚网飞虫

99. [illegible]，
[illegible]，
[illegible]，
[illegible]。

◆ 头长两只角
身穿花斑衣
花丛中飞舞
玩得真萧洒

100. [illegible]。

◆ 有光无电
有火无柴

101. [illegible]，
[illegible]，
[illegible]，
[illegible]，
[illegible]。

◆ 鼓鼓的肚
亮亮的眼
笨头本脑
腰插长剑

吃光害虫

102. [illegible]，
[illegible]，
[illegible]，
[illegible]。

◆ 圆圆的屋
弯弯的梯
美女出屋
头戴扇子

103. [illegible]，
[illegible]，
[illegible]，
[illegible]。

◆ 身背指甲
尾印在地
滚屎为食
扫地为生

104. [illegible]，
[illegible]，

[illegible]，
[illegible]，
[illegible]，
[illegible]，
[illegible]，
[illegible]，
[illegible]，
[illegible]，
[illegible]，
[illegible]。

◆ 两头尖尖
样儿稀脏
无头无手
即无眼睛
又无嘴巴
整天在地下
下雨季节
回到地上
实在是个
松土能手

105. [illegible]，
[illegible]，
[illegible]，
[illegible]。

◆ 无脚无手
弯弯曲曲
地上地下
自由行走

106. [illegible]，
[illegible]，
[illegible]。

◆ 两个小伙
一个有针无线
一个有线无针

107. [illegible]，
[illegible]，
[illegible]，
[illegible]。

◆ 一把利箭
水上漂摇

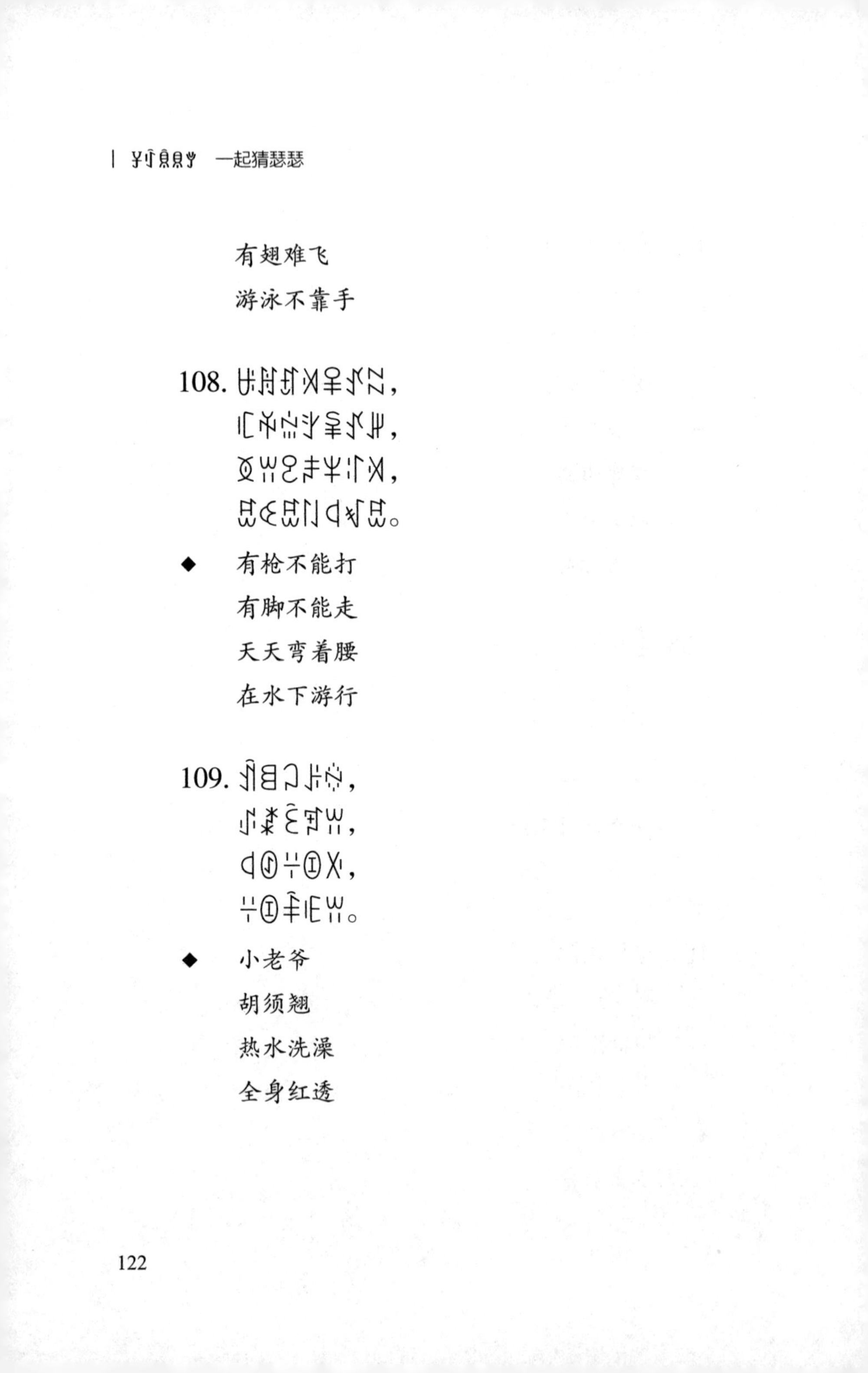

有翅难飞

游泳不靠手

108. [illegible]，
[illegible]，
[illegible]，
[illegible]。

◆ 有枪不能打

有脚不能走

天天弯着腰

在水下游行

109. [illegible]，
[illegible]，
[illegible]，
[illegible]。

◆ 小老爷

胡须翘

热水洗澡

全身红透

110. [illegible],
[illegible],
[illegible],
[illegible]。

◆ 山脚平又平
山头挂帐篷
手拿四块艄
幽幽水上游

111. [illegible],
[illegible],
[illegible],
[illegible]。

◆ 八只脚来顶个鼓
鼓前带着两剪刀
生来只会摇着走
嘴里不停吐泡沫

112. [illegible],
[illegible]。

◆ 两簸箕相扣
内坐一小孩

113. [illegible]，
[illegible]，
[illegible]。

◆ 用两匹瓦
建造衙门
胖子进住

114. [illegible]，
[illegible]，
[illegible]，
[illegible]。

◆ 一个老年人
背着棺材行
遇到危险时
钻进棺材里

115. [illegible]，
[illegible]，
[illegible]，
[illegible]。

◆ 无手无脚
背着房屋

幽幽慢行

116. [illegible]，
[illegible]，
[illegible]，
[illegible]，
[illegible]。

◆ 全身长子
其丑无比
专吃蚁虫
保护庄稼

117. [illegible]，
[illegible]，
[illegible]，
[illegible]。

◆ 鼓鼓的眼睛
尖尖的嘴皮
头帕撕成线
蚊虫被吃光

118. [illegible]，
[illegible]，
[illegible]，
[illegible]。

◆ 小时穿黑衣
大时穿绿衣
会跳不会走
蚊虫被吃光

119. [illegible]
[illegible]。

◆ 不能背的包包

120. [illegible]，
[illegible]，
[illegible]，
[illegible]。

◆ 黑黑的头
尖头的尾
当长大时
颈围绿巾
身披绿袿

121. [illegible]，
[illegible]，
[illegible]，
[illegible]，
[illegible]，
[illegible]。

◆ 圆圆的
没有脚
也没有手
矮矮瘦瘦的

122. [illegible]，
[illegible]。

◆ 山头唤人
林中猪叫

123. [illegible]，
[illegible]，
[illegible]，
[illegible]。

◆ 阿依坐在树上叫
阿呷点着火把走

阿各拿着锥子锥

阿妞被吓一大跳

124. [illegible]，

[illegible]，

[illegible]，

[illegible]。

◆ 阿依带针不带线

阿呷带线不带针

阿各点着火把玩

阿妞做事不带火

125. [illegible]，

[illegible]，

[illegible]，

[illegible]。

◆ 有柴无火

有火无柴

有线无针

有针无线

[illegible]
源流谜语

1. [illegible],
[illegible],
[illegible],
[illegible]。

◆ 耳朵在上
嘴巴在下
你说我听
我说你听

2. [illegible],
[illegible],
[illegible],
[illegible],
[illegible],
[illegible]。

◆ 圆圆的头
长满沙眼
聚会说话

全靠它传

3. [illegible]，
[illegible]，
[illegible]，
[illegible]。

◆ 相隔千万里
恰似在一起
问候谈家常
能见摸不着

4. [illegible]，
[illegible]，
[illegible]，
[illegible]。

◆ 你所说的话
全被它记着
叫它重复说
就像你在说

5. [illegible]，
[illegible]，

[illegible]，
[illegible]。

◆ 听你说唱
一言不发
学你说唱
丝毫不差

6. [illegible]，
[illegible]，
[illegible]，
[illegible]。

◆ 四方城池
城内无人
开关一开
朗朗送新闻

7. [illegible]，
[illegible]，
[illegible]，
[illegible]。

◆ 会唱又会说
还会教识字

老少都喜欢
你猜是什么

8. [illegible]，
[illegible]，
[illegible]，
[illegible]，
[illegible]，
[illegible]，
[illegible]。

◆ 一个清洁工
无血也无肉
专吃渣与叶
清洁全靠它

9. [illegible]，
[illegible]，
[illegible]，
[illegible]。

◆ 一个四方屋
屋上无窗眼
屋外暖洋洋

屋内冰冰冻

10. [illegible]，
[illegible]，
[illegible]，
[illegible]，
[illegible]。

◆ 一根长腾条
连串千万家
头顶一轮月
夜来活动全靠它

11. [illegible]，
[illegible]，
[illegible]，
[illegible]。

◆ 圆圆的身体
细细的肠子
翘翘的帽子
长长的辫子

12. [illegible]，[illegible]，

[illegible]，[illegible]。

◆ 一朵花，三叶辨
天一热，转得欢

13. [illegible]，
[illegible]，
[illegible]，
[illegible]，
[illegible]，
[illegible]，
[illegible]，
[illegible]。

◆ 看不见
摸不着
会打人
白天息
夜晚亮
会转机器
会送水

14. [illegible]，
[illegible]，

[illegible]，
[illegible]，
[illegible]，
[illegible]，
[illegible]，
[illegible]。

◆ 太空一族
似星不是星
似月不是月
会探索
会分析
会照像
会堪察

15. [illegible]，
[illegible]，
[illegible]，
[illegible]。

◆ 声怪的草帽
天阴下雨它不开
太阳出来有用处
做饭烧水不用火

16. [illegible]，
[illegible]，
[illegible]，
[illegible]。

◆ 一个小铁人
无父又无母
聪明又伶俐
叫它干啥就干啥

17. [illegible]，
[illegible]，
[illegible]，
[illegible]。

◆ 生于大地
破雾升天
星星为伴
太空为家

ZZ [illegible]
工业方面谜语

1. [illegible]，
[illegible]，
[illegible]，
[illegible]。

◆ 弟兄一大群
手儿牵着手
哥在前头叫
弟们跟着跑

2. [illegible]，
[illegible]，
[illegible]。

◆ 一条巨龙
穿山越岭
跨江渡水

3. [illegible]，
[illegible]，

[illegible]，
[illegible]。

◆ 脚板灌满气
肚里注满油
整日跑不停
背人又驮货

4. [illegible]，
[illegible]，
[illegible]，
[illegible]。

◆ 城中一翁
走街串巷
所到之处
尘草吃光

5. [illegible]，
[illegible]，
[illegible]，
[illegible]。

◆ 背着铁厢满街跑
灰尘见它不抬头

6. [illegible]，
[illegible]，
[illegible]，
[illegible]，
[illegible]。

◆ 一头小驴
身上无毛
有人骑时满街跑
无人骑时街边立

7. [illegible]，
[illegible]，
[illegible]，
[illegible]。

◆ 一匹千里马
只长两只脚
不吃食来不喝水
走街串巷不停息

8. [illegible]。

◆ 一只大雄鹰
有翅而无血

9. [illegible]，
[illegible]，
[illegible]，
[illegible]，
[illegible]，
[illegible]，
[illegible]，
[illegible]。

◆ 破雾腾空
翱翔空中
千山万水
甩在身后

10. [illegible]，
[illegible]，
[illegible]，
[illegible]，
[illegible]，
[illegible]。

◆ 似禽而无毛
似兽而无腿
太空为乐园

大雾压不了

高山阻不住

11. [illegible]，
[illegible]，
[illegible]，
[illegible]。

◆ 水上一宫殿

送客运货不停闲

12. [illegible]，
[illegible]，
[illegible]，
[illegible]。

◆ 驼背老翁

横卧江河

接送过往

13. [illegible]。

◆ 江河穿腰带

14. [illegible]，
[illegible]。

◆ 一条牛站在河的此岸
啃吃河彼岸的草料

15. [illegible]，
[illegible]，
[illegible]。

◆ 一条长绳
你也来量
我也来量
四季不停

16. [illegible]，
[illegible]，
[illegible]，
[illegible]，
[illegible]，
[illegible]。

◆ 大路两旁立英雄
英雄身戴夜明珠
不怕风来不怕雨

不怕热来不怕冷

17. [illegible]，
[illegible]，
[illegible]，
[illegible]。

◆ 像水又像油
说水不能喝
说油不能吃
世间离不开

18. [illegible]，
[illegible]，
[illegible]，
[illegible]。

◆ 山间一翁
跳进火中
暖了别人
灭了自己

19. [illegible]，
[illegible]，

[illegible]，
[illegible]。

◆ 黑黑老翁

站立火中

炼铁炼钢

[illegible]
军事方面的谜语

1. [illegible]，
[illegible]，
[illegible]，
[illegible]，
[illegible]。

◆ 一个铁人
专吃铜食
主子一推
奔向敌中

2. [illegible]，
[illegible]。

◆ 耳朵被火烧
腹内起雷电

3. [illegible]，
[illegible]。

◆ 尾部吃进

口中吐出

4. [illegible]，
[illegible]，
[illegible]，
[illegible]，
[illegible]，
[illegible]，
[illegible]，
[illegible]。

◆ 穿绿衣
戴铁冒
臀部锥
铁帽飞

5. [illegible]，
[illegible]。

◆ 羊妈留下来
羊儿飞出去

6. [illegible]。

◆ 无翅能高飞

7. [illegible]，
[illegible]，
[illegible]，
[illegible]，
[illegible]，
[illegible]。

◆ 枪声一响
太空燃火
军人一见
就懂其意

8. [illegible]，
[illegible]，
[illegible]，
[illegible]，
[illegible]，
[illegible]。

◆ 铁身木腿
肠子一拉
直冒青烟
敌人见它
四处狂奔

9. [illegible]，
[illegible]，
[illegible]，
[illegible]。

◆ 一个小铜人
长期住军中
调动军队时
全靠它来吼

10. [illegible]，
[illegible]，
[illegible]，
[illegible]，
[illegible]，
[illegible]，
[illegible]。

◆ 独脚一轮月
长只红眼睛
立在山野中
只吃铁子弹

11. [illegible]，
[illegible]，
[illegible]，
[illegible]。

◆ 老大水上飘
老二空中飞
老三爬地中
老四“咚咚”叫

十 [illegible]
教育方面谜语

1. [illegible]，
[illegible]，
[illegible]，
[illegible]。

◆ 母亲生下一小孩
身体白净又细嫩
别人越长越高
而它越长越矮

2. [illegible]，
[illegible]，
[illegible]，
[illegible]。

◆ 尖尖的嘴
厚厚的舌
劳动之前先喝水

3. [illegible]，
[illegible]。

◆ 脱帽子，当裤子
不吃粮，只喝水

4. [illegible]，
[illegible]。

◆ 白布一匹
黑鸟一片

5. [illegible]，
[illegible]，
[illegible]，
[illegible]。

◆ 一个小池塘
半盛着黑水
白鹅飞入水
变成黑乌鸦

6. [illegible]，
[illegible]。

◆ 像我而没我高

虽有嘴不说话

7. [illegible]，
[illegible]，
[illegible]，
[illegible]，
[illegible]。

◆ 长铁嘴，专吃纸
吃一口，掉一牙

8. [illegible]，
[illegible]，
[illegible]，
[illegible]。

◆ 有山不见地
有地不见田
江河看不见
能知全世界

9. [illegible]，
[illegible]，
[illegible]，

[illegible]。

◆ 有山没有石
有地没有草
有路无法走
有水无鱼游

10. [illegible]，
[illegible]，
[illegible]，
[illegible]。

◆ 四四方方田
田中灌着水
白鹅来喝水
吐水白云间

11. [illegible]，
[illegible]，
[illegible]，
[illegible]，
[illegible]，
[illegible]，
[illegible]，

[illegible]。

◆ 老大说话先脱帽
老二说话先挨刀
老三说话先喝水
老四说话白雪飞

12. [illegible]，
[illegible]，
[illegible]。

◆ 老大长铁嘴
老二嘴尖尖
老三长胡子

13. [illegible]，
[illegible]，
[illegible]，
[illegible]。

◆ 圆圆的南瓜
有气而无籽
跳跃又奔跑
能玩不能吃

14. [illegible]，
[illegible]，
[illegible]，
[illegible]。

◆ 脚踢它逃跑
手打它跳跃
又打又踢时
不叫一声痛

15. [illegible]，
[illegible]，
[illegible]，
[illegible]。

◆ 一个球
挂条线
线一断
飞上天

16. [illegible]，
[illegible]，
[illegible]，
[illegible]，

[illegible]，
[illegible]。

◆ 是瓢盛不了水
是扇扇不了风
两两一对对
出门就打架

17. [illegible]，
[illegible]。

◆ 有翅不是鸟
一拍就跳飞

18. [illegible]，
[illegible]，
[illegible]，
[illegible]。

◆ 身长三簇毛
无手也无脚
打时它跳跃
拍时它飞跑

19. [illegible]，
[illegible]，
[illegible]，
[illegible]，
[illegible]，
[illegible]。

◆ 不喝水
不吃草
不会叫
不会跑
你来骑
我来骑

20. [illegible]，
[illegible]，
[illegible]，
[illegible]。

◆ 两人骑一马
抬腿便低头
鞭打不会跑
乐死骑马人

21. [illegible]，
[illegible]，
[illegible]，
[illegible]。

◆ 用脚踏
用水按
会灌气
会唱歌

22. [illegible]，
[illegible]，
[illegible]，
[illegible]。

◆ 铜儿两兄弟
头长两红辫
高兴就打架
越打越亲热

23. [illegible]，
[illegible]，
[illegible]，
[illegible]。

◆ 双手舞

双脚跳

跳进又跳出

24. [illegible]，

[illegible]，

[illegible]，

[illegible]。

◆ 一个跳皮鬼

身穿一身皮

饱时蹦蹦跳

饿时淹淹息

25. [illegible]，

[illegible]，

[illegible]，

[illegible]。

◆ 军士一排排

每人牵条绳

火苗一接触

飞天嘣嘣叫

26. [illegible]，
[illegible]，
[illegible]，
[illegible]。

◆ 一个小兄弟
身穿红衣裳
头辫触火时
跳入太空中

27. [illegible]，
[illegible]，
[illegible]，
[illegible]。

◆ 圆圆的盘
满脸的皱
用针一刺
歌声即出

[illegible]
平时用具谜语

1. [illegible],
[illegible],
[illegible],
[illegible]。

◆ 尖尖的嘴
弯弯的腿
不吃粮食
只吃布料

2. [illegible],
[illegible]。

◆ 一匹小马驹
吃掉一围栏

3. [illegible],
[illegible],
[illegible],
[illegible],

[illegible]，
[illegible]，
[illegible]。

◆ 身粗脚细
有眼无珠
跟着懒婆
整天睡觉
陪着勤婆
终日繁忙

4. [illegible]，
[illegible]，
[illegible]，
[illegible]。

◆ 高矮两兄弟
朝着终点跑
有时你在前
有时我在前

5. [illegible]，
[illegible]，
[illegible]，

[illegible]。

◆ 一个小铁人
有嘴而无头
天天跟着你
咬手又咬脚

6. [illegible]，
[illegible]，
[illegible]，
[illegible]。

◆ 穿着红衣
站立岗亭
一见烟雾
就往里冲

7. [illegible]，
[illegible]，
[illegible]，
[illegible]，
[illegible]。

◆ 薄薄的身
尖尖的牙

专吃木头

雪花飞舞

8. [illegible]，
[illegible]，
[illegible]。
[illegible]，

◆ 一端铁

一端木

一端圆

一端扁

9. [illegible]，
[illegible]，
[illegible]，
[illegible]。

◆ 身是木

嘴是铁

所咬处

不是圆

就是方

10. [illegible]，
[illegible]，
[illegible]，
[illegible]。

◆ 头戴木帽
脚穿铁鞋
腰缠麻绳
转着走路

11. [illegible]，
[illegible]，
[illegible]，
[illegible]。

◆ 身为方体
嘴为厚片
腰长眼睛
脚长眼皮

12. [illegible]。

◆ 嘎嘎爬树子

13. [illegible]，
[illegible]，
[illegible]，
[illegible]。

◆ 摸的着
看不见
似冰不是冰
似水不是水

14. [illegible]，
[illegible]，
[illegible]，
[illegible]。

◆ 一只白斑鸠
长着长尾巴
吃饭渴汤时
它要第一尝

15. [illegible]，
[illegible]，
[illegible]，
[illegible]。

◆ 一只花鸟
飞坐餐桌
尾巴一拉
亲你一口

16. [illegible]，
[illegible]，
[illegible]，
[illegible]。

◆ 头大眼睛小
点火不用油
夜行他引路
眨眼联系人

17. [illegible]，
[illegible]，
[illegible]，
[illegible]，
[illegible]，
[illegible]。

◆ 一只铁狗
守卫大门

主走闭嘴

主来张口

18. [illegible]。

◆ 铁狗爬岩

19. [illegible]。

◆ 老鼠吊在木板上

20. [illegible]，
[illegible]，
[illegible]，
[illegible]。

◆ 鼻孔朝天

嘴皮看地

木槌一敲

震耳欲聋

21. [illegible]，
[illegible]，
[illegible]，
[illegible]。

◆ 一座网状城

城内千百军

遇敌危急时

矮子全逃光

高个被挡留

22. [illegible]，
[illegible]。

◆ 雄鹰在上翱翔

雪花在下纷飞

23. [illegible]，
[illegible]，
[illegible]，
[illegible]。

◆ 唰唰唰

唰唰唰

小的全逃走

大的全留下

24. [illegible]，
[illegible]，

[illegible]，
[illegible]。

◆ 睁只眼
闭只眼
睁着看你
闭着关你

25. [illegible]，
[illegible]。

◆ 有脸无嘴
有脚无手

26. [illegible]，
[illegible]，
[illegible]，
[illegible]。

◆ 背后有背
脚侧有脚
行走睡觉不靠它
写字画画不离它

27. [illegible]，
[illegible]，
[illegible]，
[illegible]。

◆ 大也四方方
小也四方方
如果没有它
世界一片黑

28. [illegible]，
[illegible]，
[illegible]，
[illegible]。

◆ 人来它开口
人走它闭嘴

29. [illegible]，
[illegible]，
[illegible]，
[illegible]。

◆ 爷家一匹布
你来也撕它

我来也撕它

30. [illegible]，
[illegible]，
[illegible]。

◆ 我家有匹马
你来也骑它
我来也骑它

31. [illegible]，
[illegible]，
[illegible]，
[illegible]，
[illegible]，
[illegible]。

◆ 长的两根
短的无数
跐着短的
逮着长的
走上过下
它来接送

32. [illegible]，
[illegible]，
[illegible]，
[illegible]。

◆ 两个高个
无数矮子
高个站着
矮子睡着

33. [illegible]，
[illegible]，
[illegible]，
[illegible]。

◆ 长在树中
躺在肩上
睡着做活
站着休息

34. [illegible]，
[illegible]，
[illegible]，
[illegible]。

◆ 一个老太婆
牙齿整整齐
来到头顶上
酷似在耙田

35. [illegible]，
[illegible]，
[illegible]，
[illegible]。

◆ 弯弯身段
排排利齿
早晨一起
头上运动

36. [illegible]，
[illegible]，
[illegible]，
[illegible]。

◆ 一块木片进林中
赶回一群黑苍蝇

37. [illegible]，
[illegible]。

◆ 一块木头片
赶回一群羊

38. [illegible]，
[illegible]，
[illegible]，
[illegible]。

◆ 有颈没有头
有手无手指

39. [illegible]，
[illegible]，
[illegible]。

◆ 一屋三扇门
兄弟进屋后
一人住一半

40. [illegible]，
[illegible]。

◆ 一根长口袋

开有三个口

41. [illegible]，
[illegible]，
[illegible]，
[illegible]。

◆ 十个光头拉口袋
五个光头钻进袋

42. [illegible]，
[illegible]，
[illegible]，
[illegible]。

◆ 一家五口
各自有门
误入他门
笑死旁人

43. [illegible]，
[illegible]，
[illegible]，
[illegible]。

◆ 上鼻与下嘴
共盖一床被

44. [illegible]，
[illegible]，
[illegible]，
[illegible]。

◆ 十根指头
有皮有肉
冬不怕冷
政不怕热

45. [illegible]，
[illegible]，
[illegible]，
[illegible]。

◆ 左右十根指
拿去了十指
还剩下十指

46. [illegible]，
[illegible]，

[illegible]，
[illegible]。

◆ 一只羊四只角
白日饿夜晚饱
夏日无人问
冬日人不离

47. [illegible]，
[illegible]，
[illegible]，
[illegible]。

◆ 一个小胖娃
身穿花衣裳
不分日与夜
睡在床头上

48. [illegible]，
[illegible]，
[illegible]，
[illegible]。

◆ 尽管脚有千万支
但却站立不起来

只能依靠墙来立

49. [illegible]，
[illegible]。

◆ 饿时睡觉
饱时坐立

50. [illegible]。

◆ 用狗尾来拴狗颈

51. [illegible]，
[illegible]，
[illegible]，
[illegible]。

◆ 上不怕水
下不怕火
人类生存
无它不成

52. [illegible]
[illegible]。

◆ 三人共戴一斗笠

53. [illegible]，
[illegible]，
[illegible]，
[illegible]。

◆ 楼上有楼
上飘白云
下开红花

54. [illegible]，
[illegible]。

◆ 头上吃进
腰间吐出

55. [illegible]，
[illegible]，
[illegible]，
[illegible]。

◆ 石楼头上建石楼
石楼中间雪花飘

56. [illegible]，
[illegible]，

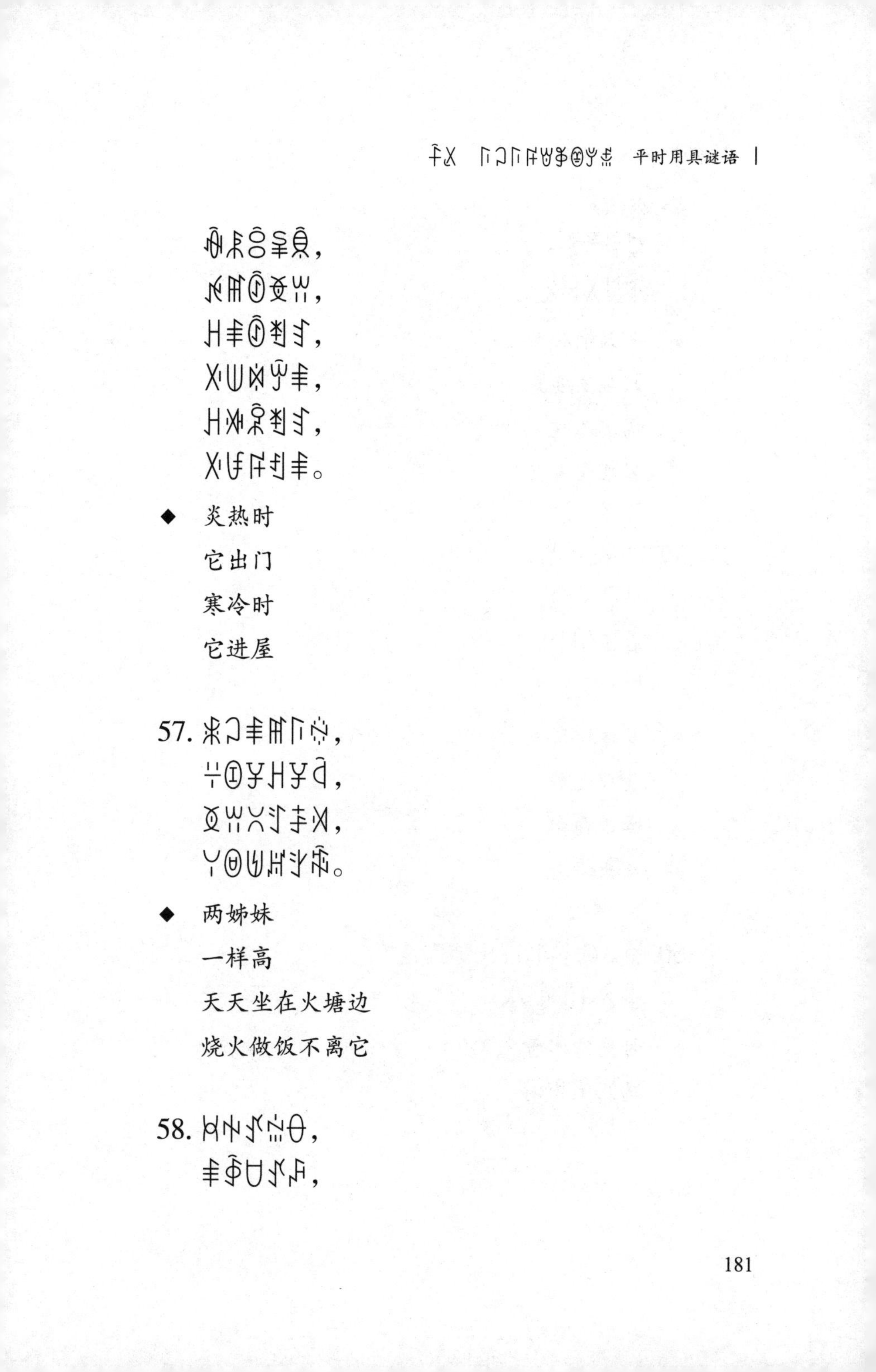

[illegible]，
[illegible]，
[illegible]，
[illegible]，
[illegible]，
[illegible]。

◆ 炎热时
它出门
寒冷时
它进屋

57. [illegible]，
[illegible]，
[illegible]，
[illegible]。

◆ 两姊妹
一样高
天天坐在火塘边
烧火做饭不离它

58. [illegible]，
[illegible]，

[illegible]，
[illegible]。

◆ 一只铁公鸡
只坐不能走
喝水不吃米
客来它点头

59. [illegible]，
[illegible]，
[illegible]，
[illegible]。

◆ 身体胖胖
有口无脚
喝进白水
吐出黄液

60. [illegible]，
[illegible]。

◆ 母马立水旁
马儿水中游

61. [illegible]，
[illegible]。

◆ 一个美女
腰缠三带

62. [illegible]，
[illegible]。

◆ 母马站水边
马儿跳进水

63. [illegible]，
[illegible]，
[illegible]，
[illegible]。

◆ 老人只长一支脚
天天起来就喝水

64. [illegible]，
[illegible]，
[illegible]，
[illegible]。

◆ 饿时上街

饱时回家

吃鱼吃肉还吃菜

65. [illegible]，
[illegible]，
[illegible]，
[illegible]。

◆ 两兄妹

一样高

酸辣苦甜

他俩先尝

66. [illegible]，
[illegible]，
[illegible]，
[illegible]。

◆ 两姊妹

一样高

山珍海味

她俩先尝

67. [illegible]，
[illegible]，
[illegible]，
[illegible]。

◆ 手拿小扫把
石缝扫渣子

68. [illegible]，
[illegible]，
[illegible]，
[illegible]，
[illegible]，
[illegible]。

◆ 一个圆圆城
没有街来没有人
城中来水时
十个弟兄跳进水

69. [illegible]，
[illegible]。

◆ 岩上杀羊
岩下接血

70. [illegible]，
[illegible]，
[illegible]，
[illegible]。

◆ 长在水中

回到水中

不见踪影

71. [illegible]，
[illegible]，
[illegible]，
[illegible]。

◆ 住在海中

起到海边

太阳一晒

变为白雪

72. [illegible]，
[illegible]，
[illegible]，
[illegible]。

◆ 一个白石

跳进水中

只见其味

不见其身

73. [illegible]，
[illegible]。

◆ 一个圆坛子

内装金银菜

74. [illegible]。

◆ 金元宝

银元宝

无缝宝

75. [illegible]，
[illegible]。

◆ 一个小伙跳下岩洞

回来时戴了顶白帽

76. [illegible]，
[illegible]，
[illegible]，

[illegible]。

◆ 生于豆腐中
长于热水中
大如簸箕
重如鸿毛

77. [illegible]，
[illegible]，
[illegible]，
[illegible]。

◆ 出自五谷
长于笼中
喜丧不离
让人激奋

78. [illegible]，
[illegible]，
[illegible]，
[illegible]。

◆ 树一样
叶一样
丢进水中

有红有绿

79. [illegible]。

◆ 哑巴报时

80. [illegible]，
[illegible]，
[illegible]，
[illegible]，
[illegible]。

◆ 高高的弟弟
矮矮的哥哥
两弟兄赛跑
弟弟跑十二圈
哥哥才跑一圈

81. [illegible]，
[illegible]，
[illegible]，
[illegible]。

◆ 四方一座城
夜里闭城门

大军来攻城
无人能进城

82. [illegible]，
[illegible]，
[illegible]。

◆ 针铺卖皮
皮铺卖纸
纸铺卖肉

83. [illegible]。

◆ 三百士兵只有一根肠

84. [illegible]。

◆ 百羊共有一根肠

85. [illegible]。

◆ 百兵共栓一腰带

86. [illegible]，
[illegible]。

◆ 一个美女腰缠七根带

叫她送根给我她不允

87. [illegible]，
[illegible]。

◆ 一个小伙长七只眼

88. [illegible]。

◆ 一个人有十二只眼

89. [illegible]，
[illegible]。

◆ 圆索烤火
虽砣不叫

90. [illegible]，
[illegible]，
[illegible]，
[illegible]。

◆ 头像箕篓
身像竹子
吃饭喝汤
它先人后

91. [illegible]，
[illegible]。

◆ 三个胖兄弟
围着一堆火

92. [illegible]，
[illegible]，
[illegible]，
[illegible]。

◆ 出在山野
住在家里
背淋清水
铁具来刨

93. [illegible]，
[illegible]，
[illegible]，
[illegible]。

◆ 弯弯的头
直直的身
老人出门
紧紧跟随

94. [illegible]，
[illegible]，
[illegible]，
[illegible]。

◆ 铁骏马
驾皮鞍
石上走
火中行

95. [illegible]，
[illegible]，
[illegible]，
[illegible]。

◆ 一条江河水
风吹不起浪
冬天水下消
夏天水上涨

96. [illegible]，
[illegible]，
[illegible]。

◆ 一个瘦小子

鼻子当马骑

97. [illegible]，
[illegible]，
[illegible]，
[illegible]。

◆ 你笑它也笑
你哭它也哭

98. [illegible]，
[illegible]。

◆ 逮着羊的耳朵
询问羊的年龄

99. [illegible]。

◆ 田埂长满星

100. [illegible]，
[illegible]，
[illegible]，
[illegible]。

◆ 穿件花衣裳

拿着小簸箕
手挽细辫子
分毫靠它定

101. [illegible]，
[illegible]。

◆ 一位老太婆
臀部被水烫

102. [illegible]。

◆ 一条黑牛叫着叫着进水中

103. [illegible]，
[illegible]。

◆ 西昌冒烟
盐源起火

104. [illegible]，
[illegible]，
[illegible]，
[illegible]。

◆ 身长直直的尾

头戴圆圆的坛
口吐白白的烟
喷出香香的味

105. [illegible]，
[illegible]，
[illegible]，
[illegible]。

◆ 腰背长指甲
腰下长肋骨
方圆的肚里
吞吐着活人

106. [illegible]，
[illegible]，
[illegible]，
[illegible]。

◆ 出门也好
进屋也好
首先握手
才能放行

107. [illegible]，
[illegible]，
[illegible]，
[illegible]，
[illegible]，
[illegible]。

◆ 大坛家住山野中
大坛肚中盛满酒
坛中美酒不醉人
千人万人喝不完

108. [illegible]，
[illegible]，
[illegible]，
[illegible]。

◆ 铁手铜头
触按流泪
人喝其泪
全身轻松

109. [illegible]，
[illegible]，

[illegible]，
[illegible]，
[illegible]，
[illegible]。

◆ 一艘长船
没有筲板
白天送人
夜间休息

110. [illegible]，
[illegible]，
[illegible]，
[illegible]。

◆ 亲弟兄两位
从来不分开
睡觉床前卧
吃饭桌下息

111. [illegible]，
[illegible]，
[illegible]，
[illegible]。

◆ 两艘翘头船
来回在水中
晴天船空空
下雨船满满

112. [illegible]，
[illegible]，
[illegible]，
[illegible]。

◆ 弟兄俩位
从不分离
下雨喝水
晴天睡觉

113. [illegible]，
[illegible]。

◆ 手中一枝草
下雨便开花

114. [illegible]。

◆ 一根独木撑间尾

115. [illegible]。

◆ 空筒撑衙门

116. [illegible]，
[illegible]，
[illegible]，
[illegible]。

◆ 一个老人家
一天脱一衣
脱完衣服时
人间便过年

117. [illegible]，
[illegible]，
[illegible]，
[illegible]。

◆ 皮老虎
长铜口
只吃布
不吃人

118. [illegible]，
[illegible]，
[illegible]，
[illegible]。

◆ 有门无锁
有盖无底
夜晚放下
白天收起

119. [illegible]，
[illegible]，
[illegible]，
[illegible]。

◆ 大嘴朝天
小嘴朝地
进啥吃啥
吃啥吞啥

120. [illegible]，
[illegible]，
[illegible]，
[illegible]。

◆ 一个大脑袋
张嘴向太空
一边吃进去
一边漏出去

121. [illegible]，
[illegible]。

◆ 拢山涉水
只见其影
不见其音

122. [illegible]，
[illegible]，
[illegible]，
[illegible]。

◆ 一个矮人
有水生无名
出门办事
他来作证

123. [illegible]，
[illegible]，

[illegible]，
[illegible]。

◆ 远看有山河
近看没有水
春来花不懈
人近鸟不惊

谜底

彝文字谜语（彝文字谜无译文）

1.
2.
3.
4.
5.
6.
7.
8.
9.
10.
11.
12.
13.
14.
15.
16.

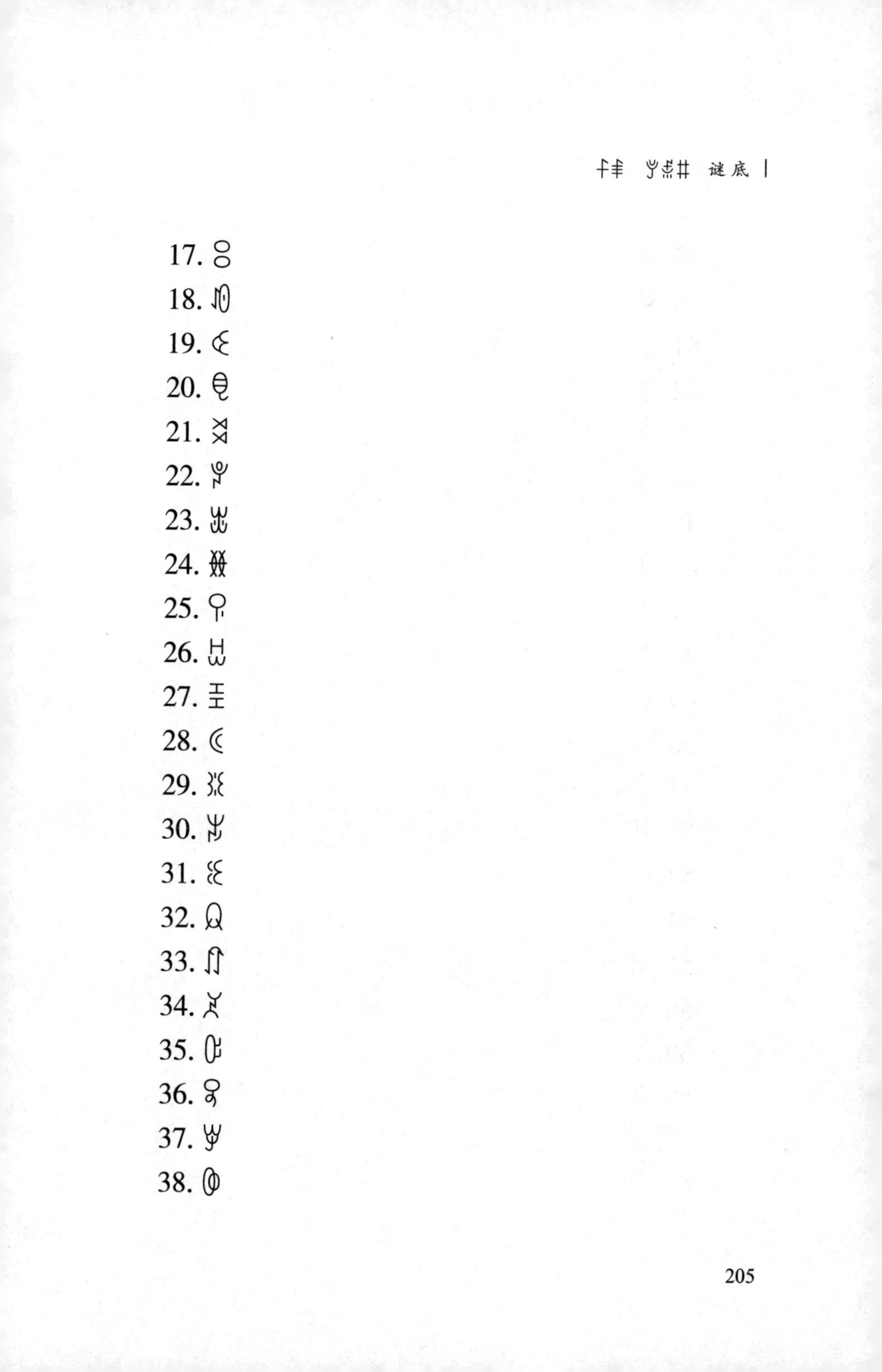

17. [illegible]
18. [illegible]
19. [illegible]
20. [illegible]
21. [illegible]
22. [illegible]
23. [illegible]
24. [illegible]
25. [illegible]
26. [illegible]
27. [illegible]
28. [illegible]
29. [illegible]
30. [illegible]
31. [illegible]
32. [illegible]
33. [illegible]
34. [illegible]
35. [illegible]
36. [illegible]
37. [illegible]
38. [illegible]

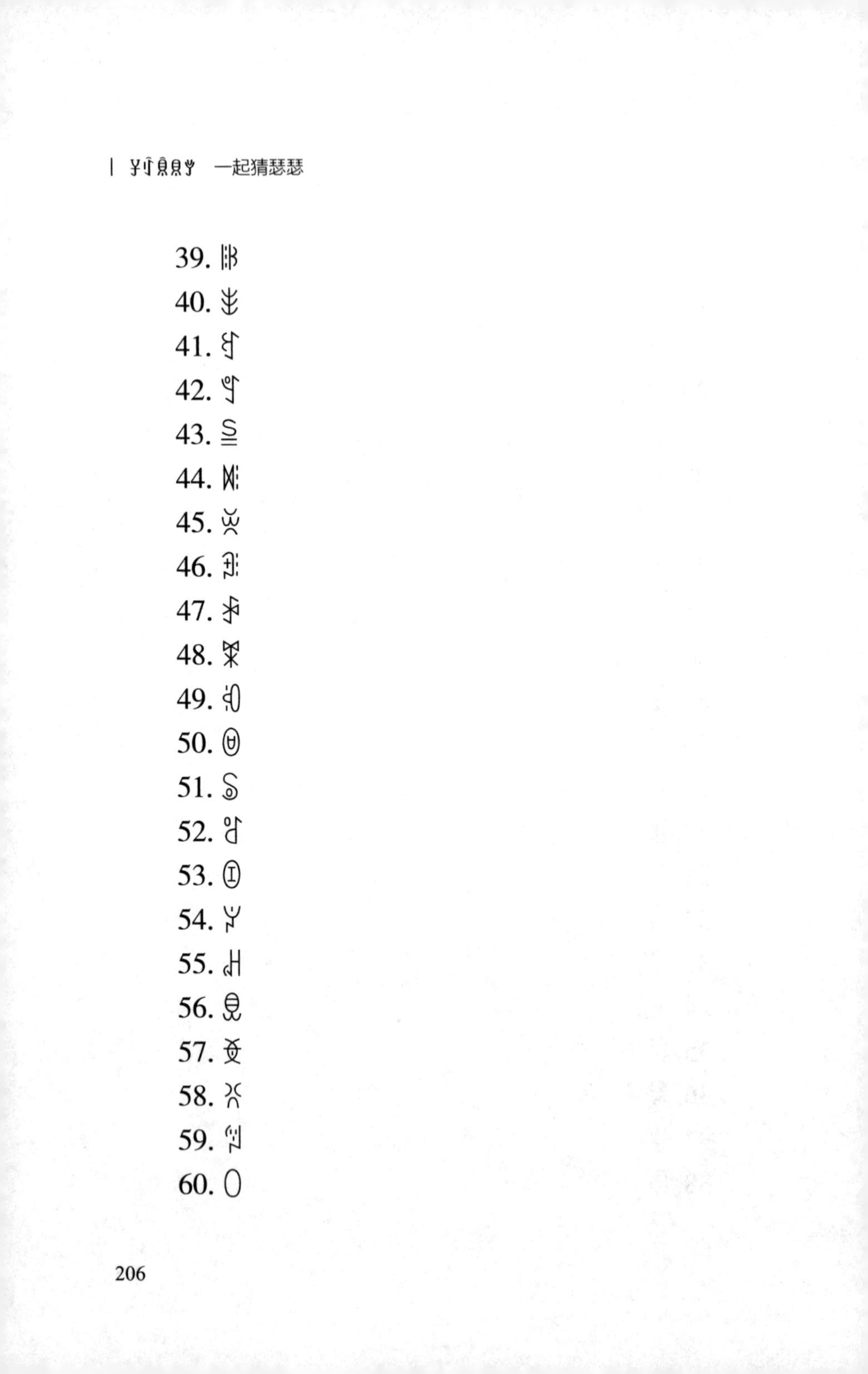

39. [illegible]
40. [illegible]
41. [illegible]
42. [illegible]
43. [illegible]
44. [illegible]
45. [illegible]
46. [illegible]
47. [illegible]
48. [illegible]
49. [illegible]
50. [illegible]
51. [illegible]
52. [illegible]
53. [illegible]
54. [illegible]
55. [illegible]
56. [illegible]
57. [illegible]
58. [illegible]
59. [illegible]
60. [illegible]

61. [illegible]

62. [illegible]

[illegible] [illegible]
自然界谜语

1. [illegible] 月亮
2. [illegible] 月亮
3. [illegible] 月亮
4. [illegible] 地球
5. [illegible] 地球仪
6. [illegible] 星星
7. [illegible] 流星
8. [illegible] 白云
9. [illegible] 雨
10. [illegible] 雪
11. [illegible] 雪
12. [illegible] 雪人
13. [illegible] 雾
14. [illegible] 雾
15. [illegible] 水
16. [illegible] 鱼

17. [illegible]、[illegible] 大路、河
18. [illegible] 水
19. [illegible] 水
20. [illegible] 风
21. [illegible] 风
22. [illegible] 彩虹
23. [illegible]、[illegible] 闪电、雷电
24. [illegible] 空气
25. [illegible] 阳光
26. [illegible] 蒸气上升
27. [illegible] 水泡
28. [illegible] 露珠
29. [illegible] 露珠
30. [illegible] 冰
31. [illegible] 冰
32. [illegible] 大河
33. [illegible] 大河
34. [illegible] 浪花
35. [illegible] 冰霜
36. [illegible] 冰棍
37. [illegible] 瀑布
38. [illegible] 人影

39. [illegible] 房影
40. [illegible] 人影
41. [illegible] 云影、山影
42. [illegible] 云影、山影
43. [illegible] 人影
44. [illegible] 闪电
45. [illegible] 火
46. [illegible] 火塘
47. [illegible] 火
48. [illegible] 火
49. [illegible] 雷声
50. [illegible] 雷声
51. [illegible]、[illegible] 雷声、闪电
52. [illegible]、[illegible]、[illegible]
闪电、星星
53. [illegible]、[illegible]、[illegible]、[illegible]
雷声、闪电、雨、风
54. [illegible]，[illegible]、[illegible]、[illegible]
彩虹、雷电、冰霜、雾气
55. [illegible]、[illegible]、[illegible]、[illegible]
天、星星、雷电、闪电
56. [illegible]、[illegible]、[illegible]、[illegible]

称、坟、压板石、桥

[illegible] [illegible]
人体谜语

1. [illegible]、[illegible]、[illegible]
   婴儿爬、走路、拄拐杖
2. [illegible] 头
3. [illegible] 婴儿
4. [illegible] 头发
5. [illegible] 头发
6. [illegible] 眼睛
7. [illegible] 眼睛
8. [illegible] 眼睛
9. [illegible] 眼睛
10. [illegible] 眼睛
11. [illegible] 耳屎
12. [illegible] 耳朵
13. [illegible] 耳朵
14. [illegible] 耳朵
15. [illegible] 鼻子
16. [illegible] 鼻子

17. 鼻子
18. 胡子
19. 牙齿
20. 牙齿
21. 舌头
22. 手指
23. 手
24. 手
25. 手
26. 小腿
27. 脚
28. 脚指
29. 洗鼻涕
30. 爬、走、拄拐杖
31. 做梦
32. 汗水
33. 眼睛、眉毛
34. 手指、指甲
35. 肝、胆
36. 人、虎

农业机器谜语

1. 打谷机
2. 抽手机
3. 抽手机
4. 推土机
5. 洒水机
6. 磨面机
7. 抽水机
8. 铡草机
9. 镰刀
10. 屯包、镰刀
11. 镰刀、口袋
12. 耙
13. 耙
14. 耙
15. 犁头
16. 板锄
17. 斧头
18. 马鞍
19. 钢枪

20. 飞机洒水
21. 飞机灭虫
22. 水池
23. 水笼头
24. 扎水板
25. 水塘
26. 草人
27. 天然气
28. 推土机、起重机、收割机

植物谜语

1. 打麦
2. 打麦
3. 荞面加土豆馍
4. 甜荞
5. 荞
6. 谷子
7. 谷子
8. 谷子

9. 谷子
10. 谷子
11. 米
12. 、米、开水
13. 水稻
14. 玉米
15. 玉米
16. 玉米
17. 玉米
18. 土豆
19. 土豆
20. 高粱
21. 四季豆
22. 红苕
23. 红萝卜
24. 棉花
25. 棉花
26. 棉花
27. 棉花
28. 花生
29. 花生
30. 向日葵

31. [illegible] 向日葵
32. [illegible] 甘蔗
33. [illegible] 花椒
34. [illegible] 花椒
35. [illegible] 瓜
36. [illegible] 瓜
37. [illegible] 瓜
38. [illegible] 河麻
39. [illegible] 竹
40. [illegible] 竹
41. [illegible] 藤
42. [illegible] 茶
43. [illegible] 草
44. [illegible] 辣椒
45. [illegible] 辣椒
46. [illegible] 元根
47. [illegible] 元根
48. [illegible] 葱
49. [illegible] 蒜
50. [illegible] 洋葱
51. [illegible] 蒜
52. [illegible] 鱼腥草

53. 蕨草
54. 竹笋
55. 生姜
56. 水蜂
57. 麻
58. 花椒
59. 萝卜
60. 藕
61. 藕
62. 茄子
63. 香胶
64. 桃
65. 荸荠
66. 喇叭花
67. 柑子
68. 李子
69. 岩李子
70. 西瓜
71. 石榴
72. 石榴
73. 桃
74. 公堵籽（音译）

75. [illegible] 续断
76. [illegible] 仙人掌
77. [illegible] 树叶
78. [illegible] 拾柴

[illegible] [illegible]
动物谜语

1. [illegible] 虎
2. [illegible] 狼
3. [illegible] 鹿
4. [illegible] 象
5. [illegible] 骆驼
6. [illegible] 骆驼
7. [illegible] 虎
8. [illegible] 熊
9. [illegible] 狐狸
10. [illegible] 袋鼠
11. [illegible] 刺猬
12. [illegible] 刺猬
13. [illegible] 熊猫
14. [illegible] 黄鼠狼

15. 猫
16. 狗
17. 狗
18. 松鼠
19. 、 雷电、蛇
20. 蛇
21. 蛇
22. 蛇
23. 蝙蝠
24. 鼠
25. 鼠
26. 鼠
27. 猪
28. 猪
29. 牛皮
30. 牛拉屎
31. 牦牛
32. 马
33. 马蹄
34. 驴
35. 驴
36. 绵羊

37. 绵羊
38. 山羊
39. 山羊
40. 公鸡
41. 公鸡
42. 鸡仔
43. 鸡
44. 鸡内金
45. 鸭
46. 鸭
47. 鹅
48. 兔
49. 猪油、汤匙
50. 角、耳
51. 角、耳
52. 布谷鸟
53. 布谷鸟
54. 凤凰
55. 鹰
56. 鹞
57. 猫头鹰
58. 啄木鸟

59. 燕子
60. 云雀
61. 雀鸟筑巢
62. 山雀
63. 乌鸦
64. 山雀
65. 喜鹊
66. 喜鹊窝
67. 斑鸠
68. 喜鹊
69. 大雁
70. 大雁
71. 云雀
72. 小雀鸟
73. 鹦鹉
74. 孔雀
75. 鸽子
76. 鸟雀
77. 麻雀
78. 画眉鸟
79. 蚕
80. 马蜂

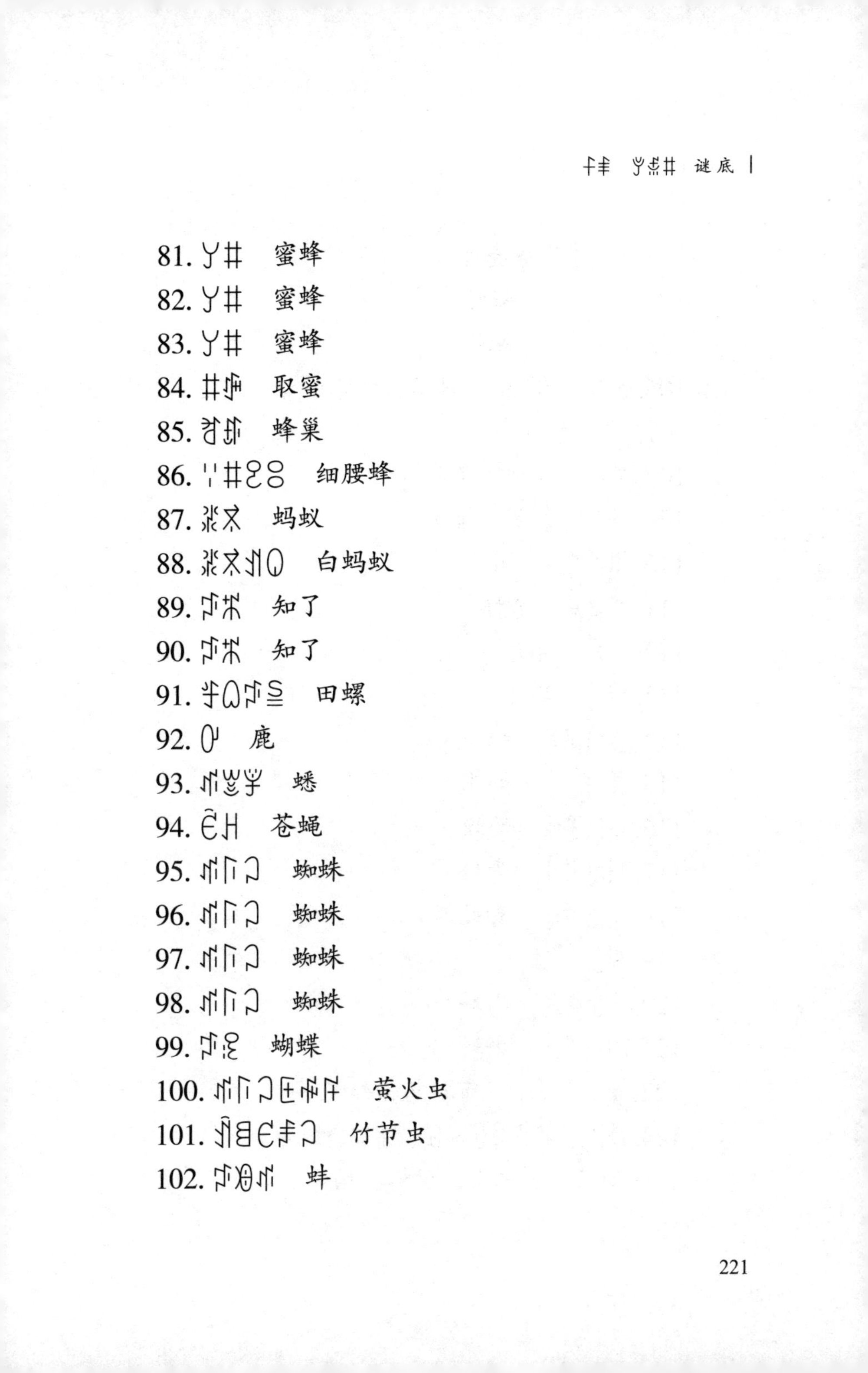

81. [illegible] 蜜蜂
82. [illegible] 蜜蜂
83. [illegible] 蜜蜂
84. [illegible] 取蜜
85. [illegible] 蜂巢
86. [illegible] 细腰蜂
87. [illegible] 蚂蚁
88. [illegible] 白蚂蚁
89. [illegible] 知了
90. [illegible] 知了
91. [illegible] 田螺
92. [illegible] 鹿
93. [illegible] 蟋
94. [illegible] 苍蝇
95. [illegible] 蜘蛛
96. [illegible] 蜘蛛
97. [illegible] 蜘蛛
98. [illegible] 蜘蛛
99. [illegible] 蝴蝶
100. [illegible] 萤火虫
101. [illegible] 竹节虫
102. [illegible] 蚌

103. 屎壳郎
104. 蚯蚓
105. 蚯蚓
106. 蜜蜂、蜘蛛
107. 鱼
108. 恒剑（鱼）
109. 恒剑（鱼）
110. 蛙
111. 螃蟹
112. 耳片
113. 耳片
114. 蜗牛
115. 蜗牛
116. 蛤蟆
117. 青蛙
118. 青蛙
119. 蛙
120. 蝌蚪
121. 蝌蚪
122. 布谷鸟、知了
123. 知了、萤火虫、蜜蜂、蚂蚱

124. 知了、蜘蛛、萤火虫

125. 喜雀巢、萤火虫、蜘蛛网、蜂针

源流谜语

1. 电话
2. 麦克风
3. 视频电话
4. 录音机
5. 录音机
6. 收音机
7. 收音机
8. 吸尘器
9. 冰柜
10. 电灯
11. 电灯
12. 电吹风
13. 电
14. 人造卫星

15. 太阳能
16. 机器人
17. 宇宙飞船

22 工业方面谜语

1. 火车
2. 火车
3. 汽车
4. 清洁车
5. 洒水车
6. 自行车
7. 自行车
8. 飞机
9. 飞机
10. 飞机
11. 船
12. 桥
13. 桥
14. 桥
15. 道路

16. 电杆
17. 石油
18. 煤炭
19. 煤炭

军事方面谜语

1. 枪
2. 打枪
3. 打枪
4. 子弹
5. 枪、枪子
6. 枪子
7. 汽枪子
8. 手榴弹
9. 军号
10. 把
11. 军舰、飞机、坦克炮

十 教育方面谜语

1. 粉笔
2. 铅笔
3. 铅笔
4. 文字
5. 墨盘
6. 照片
7. 订书机
8. 地图
9. 地图
10. 墨盘、墨汁、毛笔、纸
11. 毛笔、铅笔、钢笔、粉笔
12. 钢笔、铅笔、毛笔
13. 皮球
14. 皮球
15. 气球
16. 乒乓拍

17. [illegible] 羽毛球
18. [illegible] 羽毛球
19. [illegible] 木马
20. [illegible] 秋千
21. [illegible] 风琴
22. [illegible] 锣
23. [illegible] 跳绳
24. [illegible] 皮球
25. [illegible] 火炮
26. [illegible] 火炮
27. [illegible] 唱片

[illegible]
平时用具谜语

1. [illegible] 剪刀
2. [illegible] 剪刀
3. [illegible] 针
4. [illegible] 时针
5. [illegible] 指甲刀
6. [illegible] 灭火机
7. [illegible] 锯

8. 凿子
9. 凿子
10. 锥子
11. 斧头
12. 斧头
13. 镜子
14. 小瓢
15. 汤匙
16. 手电筒
17. 锁
18. 锁
19. 锁
20. 大钟
21. 筛子
22. 筛面
23. 筛面
24. 照相机
25. 写字台
26. 靠椅
27. 窗子
28. 门
29. 门

30. 门坎
31. 梯步
32. 梯步
33. 扁担
34. 梳子
35. 梳子
36. 蓖子
37. 蓖子
38. 衣服
39. 裤
40. 裤
41. 袜子
42. 钮扣
43. 口罩
44. 手套
45. 手套
46. 被子
47. 枕头
48. 扫帚
49. 口袋
50. 皮袋
51. 锅

52. [illegible]、[illegible] 锅、锅庄
53. [illegible] 蒸笼
54. [illegible] 石磨
55. [illegible] 推磨
56. [illegible] 煤炉
57. [illegible] 火钳
58. [illegible] 开水壶
59. [illegible] 茶杯
60. [illegible]、[illegible] 水桶、水瓢
61. [illegible] 水桶
62. [illegible]、[illegible] 水桶、水瓢
63. [illegible] 水瓢
64. [illegible] 竹篓
65. [illegible] 筷
66. [illegible] 筷
67. [illegible] 牙刷
68. [illegible] 洗脸盆
69. [illegible] 压豆腐
70. [illegible] 盐
71. [illegible] 盐
72. [illegible] 盐
73. [illegible] 鸡蛋

74. 鸡蛋
75. 汽泡
76. 豆皮
77. 酒
78. 茶叶
79. 手表
80. 钟
81. 蚊罩
82. 板栗
83. 珠子
84. 珠子
85. 篱笆
86. 水桶扎绳
87. 竹篓
88. 竹篓
89. 土罐
90. 汤匙
91. 锅庄
92. 磨石
93. 拐杖
94. 火镰
95. 空气测量仪

96. [illegible] 眼镜
97. [illegible] 镜子
98. [illegible] 称
99. [illegible] 称
100. [illegible] 戳子
101. [illegible] 蒸笼
102. [illegible] 蒸笼
103. [illegible] 抽烟
104. [illegible] 烟杆
105. [illegible] 瓦房
106. [illegible] 门拉手
107. [illegible] 水池
108. [illegible] 抽水开关
109. [illegible] 鞋子
110. [illegible] 鞋子
111. [illegible] 雨鞋
112. [illegible] 雨鞋
113. [illegible] 伞
114. [illegible] 伞
115. [illegible] 伞
116. [illegible] 历书
117. [illegible] 皮篓

118. 蚊账

119. 无底洞

120. 无底洞

121. 云影、山影

122. 章

123. 画

[illegible]

JJY GEX SIX SI GIE

[illegible]

[illegible]	[illegible]
[illegible]	[illegible]
[illegible]	610091（[illegible]108[illegible]）
[illegible]	[illegible]
[illegible]	146mm × 208mm
[illegible]	7.5
[illegible]	155[illegible]
[illegible]	2019[illegible]12[illegible]
[illegible]	2024[illegible]7[illegible]2[illegible]
[illegible]	ISBN 978-7-5409-8670-4
[illegible]	32.00[illegible]